**CLÁSSICOS DA
LITERATURA UNIVERSAL**

A REVOLUÇÃO DOS BICHOS

Copyright da tradução e desta edição © 2021 by Edipro Edições Profissionais Ltda.

Título original: *Animal farm*. Publicado originalmente no Reino Unido em 1945, por Secker Warburg. Traduzido com base na 1ª edição.

Todos os direitos reservados. Nenhuma parte deste livro poderá ser reproduzida ou transmitida de qualquer forma ou por quaisquer meios, eletrônicos ou mecânicos, incluindo fotocópia, gravação ou qualquer sistema de armazenamento e recuperação de informações, sem permissão por escrito do editor.

Grafia conforme o novo Acordo Ortográfico da Língua Portuguesa.

1ª edição, 3ª reimpressão 2024.

Editores: Jair Lot Vieira e Maíra Lot Vieira Micales
Coordenação editorial: Fernanda Godoy Tarcinalli
Produção editorial: Carla Bitelli
Edição de texto: Marta Almeida de Sá
Assistente editorial: Thiago Santos
Preparação: Cátia de Almeida
Revisão: Marta Almeida de Sá e Thiago de Christo
Diagramação: Estúdio Design do Livro
Capa: Carlo Giovani

Dados Internacionais de Catalogação na Publicação (CIP)
(Câmara Brasileira do Livro, SP, Brasil)

Orwell, George, 1903-1950.
   A revolução dos bichos / George Orwell ; tradução de Alexandre Barbosa de Souza. – São Paulo : Via Leitura, 2021.

   Título original: Animal farm.
   ISBN 978-65-87034-10-2 (impresso)
   ISBN 978-65-87034-11-9 (e-pub)

   1. Ficção inglesa I. Título.

20-36404   CDD-823

Índice para catálogo sistemático:
1. Ficção : Literatura inglesa : 823

Maria Alice Ferreira – Bibliotecária – CRB-8/7964

VIA LEITURA

São Paulo: (11) 3107-7050 • Bauru: (14) 3234-4121
www.vialeitura.com.br • edipro@edipro.com.br
 @editoraedipro   @editoraedipro

O livro é a porta que se abre para a realização do homem.

Jair Lot Vieira

GEORGE ORWELL

A revolução dos bichos

Tradução
Alexandre Barbosa de Souza

VIALEITURA

Prefácio — A liberdade de imprensa[1]

Este livro foi pensado a princípio, ao menos no tocante à ideia central, em 1937, mas não foi escrito até o final de 1943. Quando comecei a escrevê-lo, era óbvio que haveria grande dificuldade para conseguir publicá-lo (apesar da escassez de livros, que garante que qualquer coisa que se possa descrever como um livro irá "vender"), e na ocasião ele foi recusado por quatro editoras. Apenas uma delas por motivos ideológicos. Duas delas haviam publicado livros antirrussos durante anos, e a outra não tinha nenhum matiz político perceptível. Na verdade, um editor aceitou o livro de início, mas, depois de alguns procedimentos preliminares, decidiu consultar o Ministério da Informação, que aparentemente ou o alertou, ou pelo menos o aconselhou enfaticamente a não publicá-lo. Eis um trecho da carta do editor:

> Mencionei a reação de um importante oficial do Ministério da Informação a *Revolução dos bichos*. Devo confessar que a expressão da opinião dele me fez pensar seriamente... Agora vejo que pode ser considerado altamente não recomendável publicá-lo no atual momento. Se a fábula se dirigisse a ditadores e a ditaduras em geral, então a publicação não teria problemas, mas a fábula não descreve, como agora posso ver, tão completamente o progresso dos sovietes russos e de seus dois ditadores a ponto de se aplicar apenas à Rússia e excluindo outras ditaduras. Outra coisa: seria menos ofensivo se a casta dominante na fábula não fosse a dos porcos. Não fica claro se essa sugestão de modificação é ideia do editor ou se partiu do Ministério da Informação; mas parece haver aqui um toque oficial. Creio que a escolha dos porcos como casta dominante provavelmente ofenderá muita gente, e particularmente pessoas um pouco melindrosas, como sem dúvida são os russos.

Esse tipo de coisa não é um bom sintoma. Obviamente não é desejável que um departamento do governo tenha qualquer tipo de poder de censura (exceto por razões de segurança, ao que ninguém faz objeções durante uma guerra) sobre livros que não têm financiamento oficial. Mas o principal perigo para a liberdade de pensamento e de expressão

---

1. Proposta de prefácio para *A revolução dos bichos* publicado pela primeira vez no *Times Literary Supplement* em 15 de setembro de 1972, com uma introdução de Bernard Crick. O manuscrito original foi encontrado por Ian Angus em 1972. (N.T.)

neste momento não é a interferência direta do Ministério ou de qualquer setor oficial. Se a imprensa e as editoras se empenham em não divulgar certos tópicos, não é por medo de sofrer processos, mas porque temem a opinião pública. Neste país, a covardia intelectual é o pior inimigo de um escritor ou jornalista, e esse fato não me parece ter sido discutido como merece.

Qualquer pessoa justa com experiência jornalística admitirá que durante esta guerra a censura oficial não foi particularmente inoportuna. Não temos sido submetidos ao tipo de "coordenação" totalitária que teria sido razoável esperar. A imprensa tem algumas críticas justificadas, mas em geral o governo se comportou bem e tem sido surpreendentemente tolerante com opiniões minoritárias. O fato sinistro sobre a censura literária na Inglaterra é que ela é em grande medida voluntária.

Ideias impopulares podem ser silenciadas; e fatos inconvenientes, mantidos no escuro, sem a necessidade de alguma proibição oficial. Qualquer um que viveu em um país estrangeiro sabe de casos de notícias com destaque – matérias que por mérito próprio virariam manchetes – sendo excluídas da imprensa britânica não por intervenção do governo, mas por um acordo tácito geral de que "não seria bom" mencionar determinado fato em particular. Em relação aos jornais diários, isso é fácil de entender. A imprensa britânica é extremamente centralizada, e a maior parte dela é propriedade de homens ricos que têm todos os motivos para serem desonestos em certos tópicos importantes. Entretanto o mesmo tipo de censura velada também funciona nos livros e nas revistas, assim como no teatro, no cinema e na rádio. O tempo todo, existe uma ortodoxia, um conjunto de ideias que se supõe que todas as pessoas sãs aceitarão sem questionar. Não é exatamente proibido dizer isso, aquilo ou aquilo outro, mas "não fica bem" dizê-lo, assim como em meados do período vitoriano "não ficava bem" mencionar calças na presença de uma senhora. Qualquer um que desafie a ortodoxia dominante será silenciado com surpreendente eficácia. Uma opinião genuinamente deselegante quase nunca é bem recebida, seja na imprensa popular ou nos periódicos intelectuais.

Neste momento, o que se exige pela ortodoxia predominante é uma admiração acrítica da Rússia soviética. Todo mundo sabe disso, mas quase ninguém age de acordo. Qualquer crítica séria do regime soviético, qualquer revelação de fatos que o governo soviético preferiria manter ocultos são praticamente impublicáveis. E essa conspiração nacional de bajular nosso aliado se dá, curiosamente, em um ambiente de genuína tolerância intelectual. Pois, embora você não tenha permissão de criticar o governo soviético, ao menos é razoavelmente livre para criticar o nosso. Praticamente ninguém publica um ataque a Stalin, mas é bastante seguro atacar Churchill, pelo menos em livros e revistas. E, ao longo de cinco anos, durante dois ou três dos quais estivemos lutando pela sobrevivência nacional, inúmeros livros, panfletos e artigos defendendo uma paz com concessões foram publicados sem muita desaprovação. Contanto que o prestígio da União Soviética não estivesse envolvido, o princípio da liberdade de expressão era razoavelmente defendido. Existem outros tópicos proibidos, e vou mencionar alguns deles, mas a atitude predominante em relação à União Soviética é em grande medida o sintoma mais sério. Essa atitude, na verdade, era espontânea, e não se devia à ação de nenhum grupo de pressão.

O servilismo com que a maior parte da *intelligentsia* inglesa engoliu e repetiu a propaganda russa de 1941 em diante teria sido impressionante se não tivessem se comportado de forma similar em diversas ocasiões anteriores. Em sucessivos assuntos controversos, o ponto de vista russo foi aceito sem exame e então divulgado com total desconsideração da verdade histórica ou da decência intelectual. Para dar apenas um exemplo, a BBC comemorou o aniversário de 25 anos do Exército Vermelho sem mencionar Trótski. Isso seria tão preciso quanto celebrar a batalha de Trafalgar sem mencionar Nelson, mas não suscitou nenhum protesto da *intelligentsia* inglesa. Nas lutas internas de diversos países ocupados, a imprensa britânica em quase todos os casos tomou partido dos russos e atacou a facção oposta, às vezes suprimindo evidências materiais nesse intuito. Um caso particularmente flagrante foi o do coronel Mihailović, líder dos *chetniks* iugoslavos. Os russos, que tinham seu próprio protegido iugoslavo no marechal Tito, acusaram Mihailović de colaborar com os alemães. Essa acusação foi prontamente aceita pela imprensa britânica: os apoiadores de Mihailović não tiveram nenhuma oportunidade de resposta, e os fatos que contradiziam aquilo foram simplesmente excluídos da imprensa. Em julho de 1943, os alemães ofereceram uma recompensa de 100 mil coroas de ouro pela captura de Tito, e uma recompensa semelhante pela captura de Mihailović. A imprensa britânica "destacou" a recompensa por Tito, mas apenas um jornal mencionou (em letras pequenas) a recompensa por Mihailović: e as acusações de colaboração com os alemães continuaram. Coisas muito parecidas ocorreram durante a Guerra Civil Espanhola. Ali também as facções do lado republicano que os russos estavam decididos a aniquilar foram incansavelmente criticadas na imprensa inglesa de esquerda, e todas as declarações em sua defesa, mesmo na forma de cartas à imprensa, tiveram publicação recusada. Atualmente, não só a crítica séria à União Soviética é considerada repreensível, mas até o fato de existir essa crítica é mantido em segredo em alguns casos. Por exemplo, pouco antes de sua morte, Trótski havia escrito uma biografia de Stalin. Pode-se imaginar que não fosse um livro imparcial, mas obviamente seria vendável. Uma editora americana havia contratado a publicação, e o livro estava no prelo – acredito que exemplares para a imprensa já haviam até sido enviados – quando a União Soviética entrou na guerra. O livro foi imediatamente cancelado. Não saiu uma palavra na imprensa britânica, embora claramente a existência desse livro e sua supressão fossem notícias merecedoras de alguns parágrafos.

É importante distinguir entre o tipo de censura que a *intelligentsia* literária inglesa voluntariamente impõe a si mesma e a censura que pode às vezes ser reforçada por grupos de pressão. De modo nítido, certos assuntos não podem ser discutidos em razão dos "interesses em jogo". O caso mais conhecido é a fraude dos tônicos medicinais. Mais uma vez, a Igreja Católica tem considerável influência na imprensa e pode silenciar a crítica a si mesma até certo ponto. Um escândalo envolvendo um padre católico quase nunca é muito divulgado, ao passo que um sacerdote anglicano que entra em apuros (por exemplo, o reitor de Stiffkey) é manchete na certa. Raramente algo como uma tendência anticatólica aparece nos palcos ou nas telas. Qualquer ator lhe dirá que uma peça ou um filme que ataque ou ridicularize a Igreja Católica provavelmente sofrerá boicote da imprensa e será um fiasco. Mas esse tipo de coisa é inofensivo, ou ao menos compreensível. Toda grande organização cuida dos próprios interesses da melhor forma possível, e a propaganda declarada não é algo a que façam objeção.

Não se esperaria que o *Daily Worker* divulgasse fatos adversos sobre a União Soviética, assim como não se esperaria que o *Catholic Herald* denunciasse o papa. Mas, justamente, todo leitor pensante sabe exatamente o que são o *Daily Worker* e o *Catholic Herald* e o que esperar deles. É perturbador que, em se tratando da União Soviética e de suas políticas, não se possa esperar crítica inteligente ou mesmo, em muitos casos, mera honestidade de autores e jornalistas liberais que não estão sob nenhuma pressão direta para falsificar suas opiniões. Stalin é sacrossanto, e certos aspectos de sua política não devem ser discutidos com seriedade. Essa regra tem sido quase universalmente observada desde 1941, mas já vinha valendo, mais amplamente do que às vezes se admitia, dez anos antes disso. Todo esse tempo, a crítica ao regime soviético pela esquerda teve dificuldades para encontrar seu público. Havia uma enorme produção de literatura antirrussa, mas praticamente toda ela do campo conservador e evidentemente desonesta, desatualizada e movida por sórdidos motivos. Por outro lado, havia um fluxo igualmente enorme e quase igualmente desonesto de propaganda pró-russa, e algo que equivalia a um boicote a qualquer um que tentasse discutir questões importantes de maneira adulta. Você podia, de fato, publicar livros antirrussos, mas fazê-lo era garantia de ser ignorado ou mal interpretado por praticamente toda a imprensa intelectualizada.

Pública e particularmente, você era alertado de que "não ficava bem". O que você dissesse poderia até ser verdade, mas era "inoportuno" e jogava a favor desse ou daquele interesse reacionário. Essa atitude era geralmente defendida com base na situação internacional, na necessidade urgente de uma aliança anglo-russa, que exigia que fosse assim; mas era evidente que se tratava de uma racionalização. A *intelligentsia* inglesa, ou boa parte dela, havia desenvolvido uma lealdade nacional à União Soviética, e em seus corações eles sentiam que lançar qualquer dúvida sobre a sabedoria de Stálin era uma espécie de blasfêmia. Os acontecimentos na Rússia e os acontecimentos em outros países deviam ser julgados segundo padrões diferentes. As intermináveis execuções nos expurgos de 1936-1938 foram aplaudidas por pessoas que a vida inteira se opuseram à pena de morte, e era considerado igualmente apropriado divulgar a fome na Índia e esconder a fome na Ucrânia. E se isso era verdade antes da guerra, a atmosfera intelectual certamente não é melhor agora.

Mas então, voltando a este meu livro... A reação a ele por parte da maioria dos intelectuais ingleses será muito simples: "Isso não devia ter sido publicado!". Naturalmente, esses resenhistas que entendem da arte da difamação não iriam atacá-lo pelo aspecto político, mas do ponto de vista literário. Eles diriam que se trata de um livro entediante, tolo, e um desperdício infeliz de papel. Isso pode bem ser verdade, mas obviamente não é toda a verdade. Não se diz que um livro "não deveria ter sido publicado" meramente porque é um livro ruim. Afinal, acres de lixo são impressos diariamente e ninguém se importa. A *intelligentsia* inglesa, ou a maior parte dela, fará objeções a este livro porque ele traduz seu próprio líder e (no entender deles) prejudica a causa do progresso. Se o livro fizesse o oposto, eles não teriam nada contra ele, mesmo que suas falhas literárias fossem dez vezes mais flagrantes do que são. O sucesso, por exemplo, do Clube do Livro de Esquerda ao longo de um período de quatro ou cinco anos mostra como eles se dispõem a tolerar grosserias e descuidos, desde que se conte a história que eles querem ouvir.

A questão aqui é muito simples: será que toda opinião, mesmo que impopular – por mais que seja tola até –, tem direito de chegar ao público? Apresente a questão dessa forma, e praticamente qualquer intelectual inglês se sentirá no dever de dizer "sim". Mas dê-lhe uma forma concreta e pergunte "E um ataque a Stalin? Também tem esse mesmo direito?", e a resposta mais frequente será "não". Nesse caso, a ortodoxia corrente se sente desafiada, e então o princípio de livre expressão falha. Ora, quando se exige liberdade de expressão e de imprensa, não se exige uma liberdade absoluta. Sempre deve haver, ou pelo menos sempre haverá, algum grau de censura, enquanto perdurarem as sociedades organizadas. Mas a liberdade, como dizia Rosa Luxemburgo, é sempre "a liberdade do discordante". O mesmo princípio está contido nas famosas palavras de Voltaire: "Detesto o que você diz, mas defenderei até a morte o seu direito de dizê-lo.". Se a liberdade intelectual, que sem dúvida tem sido um dos traços característicos da civilização ocidental, tem algum sentido, é o de que todos têm o direito de dizer e publicar o que acreditam ser verdade, desde que isso não prejudique o resto da comunidade de alguma maneira bastante evidente. A democracia capitalista e as versões ocidentais de socialismo até recentemente vinham assumindo esse princípio como dado. O nosso governo, como já mostrei, ainda faz algumas demonstrações de respeitar esse princípio. As pessoas comuns nas ruas – em parte talvez porque não se interessam suficientemente por ideias a ponto de serem intolerantes quanto a elas – ainda vagamente defendem que "imagino que cada um tenha o direito à própria opinião". São apenas, ou pelo menos são principalmente, os membros da *intelligentsia* literária e científica, justamente aqueles que deveriam ser os guardiões da liberdade, que estão começando a desprezá-la, tanto na teoria quanto na prática.

Um dos fenômenos peculiares de nossa época é o liberal renegado. Além e acima da conhecida alegação marxista de que a "liberdade burguesa" é uma ilusão, existe hoje uma tendência generalizada a acreditar que só se pode defender a democracia por meio de métodos totalitários. Quando se ama a democracia, segundo esse argumento, aniquilam-se seus inimigos, não importa por quais meios. E quem são seus inimigos? Sempre parece que não são apenas aqueles que a atacam aberta e conscientemente, mas aqueles que "objetivamente" a prejudicam espalhando doutrinas equivocadas. Em outras palavras, defender a democracia envolve destruir todo o pensamento independente. Esse argumento foi usado, por exemplo, para justificar os expurgos russos. O russófilo mais ardente dificilmente acreditaria que todas as vítimas eram culpadas de todas as coisas de que eram acusadas: mas ao defenderem opiniões heréticas elas "objetivamente" prejudicaram o regime, e, portanto, era perfeitamente correto não só massacrá-las mas desacreditá-las com falsas acusações. O mesmo argumento foi usado para justificar as mentiras perfeitamente conscientes que se seguiram na imprensa de esquerda sobre os trotskistas e outras minorias republicanas na guerra civil espanhola. E foi usado outra vez como motivo para bradarem contra o *habeas corpus* quando Mosley foi liberado em 1943.

Essas pessoas não percebem que, se você encoraja métodos totalitários, pode chegar um momento em que eles serão usados contra você, e não a seu favor. Transforme em hábito a prisão de fascistas sem julgamento, e talvez o processo não pare nos fascistas. Logo depois do fechamento do *Daily Worker*, quando o jornal foi reaberto, eu estava fazendo uma palestra em uma faculdade no sul de Londres. A plateia era formada por intelectuais da classe trabalhadora e da classe média – o mesmo tipo de público que eu costumava encontrar nos Clubes do Livro de Esquerda. A palestra havia abordado a liberdade de imprensa, e no final, para meu espanto, diversos interessados se levantaram e me perguntaram se eu não achava que a reabertura do *Daily Worker* tinha sido um grande erro. Quando perguntei por quê, eles disseram que era um jornal de lealdade duvidosa e que não devia ser tolerado em tempos de guerra. Quando me dei conta, comecei a defender o *Daily Worker*, que já havia publicado ataques contra mim mais de uma vez. Mas onde aquelas pessoas haviam aprendido aquela postura essencialmente totalitária? Com quase toda a certeza, com os próprios comunistas! A tolerância e a decência são profundamente arraigadas na Inglaterra, mas não são indestrutíveis, e precisam ser mantidas vivas por esforços conscientes. O resultado da pregação de doutrinas totalitárias é o enfraquecimento do instinto por influência do qual povos livres sabem distinguir o que é perigoso e o que não é. O caso de Mosley ilustra isso. Em 1940, era perfeitamente correto prender Mosley, tivesse ele tecnicamente cometido ou não algum crime. Estávamos lutando pelas nossas vidas, e não podiam permitir que um possível traidor ficasse livre. Mantê-lo preso, sem julgamento, em 1943, foi um ultraje.

A incapacidade geral de perceber isso foi um mau sintoma, embora seja verdade que a agitação contra a liberação de Mosley fosse em parte fingida e em parte uma racionalização de outros descontentamentos. Mas até que ponto a guinada atual para modos fascistas de pensar é atribuível ao "antifascismo" dos últimos dez anos e à falta de escrúpulos que esse "antifascismo" acarretou?

É importante perceber que a atual *russomania* é apenas um sintoma do enfraquecimento geral da tradição liberal ocidental. Se o Ministério da Informação tivesse agido e vetado definitivamente a publicação deste livro, o grosso da *intelligentsia* inglesa não teria visto nada de perturbador nisso. A lealdade acrítica à União Soviética é a atual ortodoxia, e, onde houver supostos interesses da União Soviética envolvidos, eles estarão dispostos a tolerar não apenas a censura mas também a deliberada falsificação da história. Para dar um exemplo: na morte de John Reed, autor de *Dez dias que abalaram o mundo* – um relato em primeira mão dos primeiros dias da Revolução Russa –, os direitos autorais do livro passaram para o Partido Comunista Britânico, ao qual creio que Reed os legara em testamento. Alguns anos depois, os comunistas britânicos, tendo destruído a edição original do livro o mais completamente que puderam, lançaram uma versão truncada, da qual eliminaram menções a Trótski e também omitiram a introdução escrita por Lenin. Se ainda existisse uma *intelligentsia* radical na Inglaterra, esse ato de falsificação teria sido exposto e denunciado em todo jornal literário do país. Na prática, houve pouco ou nenhum protesto. Para muitos intelectuais ingleses, parecia uma coisa bastante natural de se fazer. E essa tolerância ou pura desonestidade significa muito mais do que a admiração pelo fato de a Rússia estar na moda neste momento. Muito provavelmente essa moda não durará muito. Na parte que me toca, quando este livro for publicado, minha opinião sobre o regime soviético talvez seja a mais aceita. Mas qual seria a utilidade disso? Trocar uma ortodoxia por outra não é necessariamente um avanço. O inimigo é a mentalidade do gramofone, concorde ou não com o disco tocado no momento.

Conheço bem todos os argumentos contra a liberdade de pensamento e de expressão – argumentos que alegam que essa liberdade não existe e argumentos que alegam que essa liberdade não deveria existir. Respondo simplesmente que não me convencem, e que nossa civilização ao longo de um período de quatrocentos anos foi fundada na opinião oposta. Durante quase uma década acreditei que o regime na Rússia fosse principalmente uma coisa má, e reivindiquei o direito de dizê-lo, apesar do fato de sermos aliados da União Soviética em uma guerra que desejei ver vencida. Se eu tivesse de escolher um texto para me justificar, escolheria um verso de Milton: Pelas regras conhecidas da antiga liberdade.

A palavra "antiga" enfatiza o fato de que a liberdade intelectual é uma tradição profundamente arraigada sem a qual talvez nossa cultura ocidental característica não existisse. É a essa tradição que muitos de nossos intelectuais estão visivelmente dando as costas. Eles aceitaram o princípio de que um livro deve ser publicado ou suprimido, elogiado ou amaldiçoado não por seus próprios méritos, mas segundo a conveniência política. E outros que não defendem efetivamente essa opinião concordam por pura covardia. Um exemplo disso é o fato de diversos e eloquentes pacifistas ingleses não erguerem suas vozes contra a predominante idolatria do militarismo russo. Segundo esses pacifistas, toda violência é má, e eles nos encorajaram a cada passo da guerra a nos entregar ou no mínimo a fazermos uma paz com concessões. Mas quantos deles algum dia sugeriram que a guerra também era má quando envolvia o Exército Vermelho? Aparentemente, os russos têm o direito de se defender, ao passo que nós fazermos o mesmo é um pecado mortal. Só se pode explicar essa contradição de uma maneira: isto é, por um desejo covarde de permanecer nas graças do grosso da *intelligentsia*, cujo patriotismo é dirigido à União Soviética mais do que à Inglaterra. Sei que a *intelligentsia* inglesa tem muitos motivos para sua timidez e sua desonestidade, na verdade sei de cor os argumentos com que eles se justificam. Mas ao menos vamos parar com essa bobagem de que estão defendendo a liberdade contra o fascismo. Se a liberdade significa alguma coisa é o direito de dizer às pessoas o que elas não querem ouvir. As pessoas comuns ainda vagamente concordam com essa doutrina e agem de acordo. Em nosso país – não se dá o mesmo em todos os países; não era assim na França republicana, e não é assim nos Estados Unidos hoje em dia –, são os liberais que temem a liberdade e os intelectuais que querem conspurcar o intelecto; foi a fim de chamar atenção para esse fato que eu escrevi este prefácio.

George Orwell, 1945

Prefácio à edição ucraniana de *A revolução dos bichos*

Pediram-me para escrever um prefácio à edição ucraniana de *A revolução dos bichos*. Tenho consciência de que escrevo para leitores sobre os quais nada sei, mas eles também provavelmente nunca tiveram oportunidade de saber nada sobre mim.

Neste prefácio, esses leitores provavelmente esperariam que eu dissesse algo sobre a origem de *A revolução dos bichos*, mas primeiro eu gostaria de dizer algo sobre mim e as experiências através das quais cheguei à minha posição política.

Nasci na Índia em 1903. Meu pai era um oficial da administração inglesa lá, e minha família era uma daquelas famílias comuns de classe média, de soldados, sacerdotes, funcionários do governo, professores, advogados, médicos, etc. Estudei em Eton, a mais cara e esnobe escola pública inglesa, mas só entrei lá mediante uma bolsa de estudos; de outro modo, meu pai não poderia pagar para me mandar para uma escola desse tipo.

Pouco depois de sair da escola (eu ainda não tinha vinte anos na época), fui para a Birmânia e ingressei na Polícia Imperial Indiana. Era uma polícia armada, uma espécie de *gendarmerie*[2] muito parecida com a *Guardia Civil* espanhola ou a *Garde Mobile* na França. Fiquei cinco anos nesse serviço. Não me adaptei, e passei a odiar o imperialismo, embora na época o nacionalismo birmanês não fosse muito forte e as relações entre ingleses e birmaneses não fossem particularmente hostis. Quando estava de licença na Inglaterra, em 1927, pedi demissão do cargo e resolvi me tornar escritor: a princípio, sem nenhum sucesso digno de nota. Entre 1928 e 1929, morei em Paris e escrevi contos e romances que ninguém queria publicar (destruí todos na mesma época). Nos anos seguintes, vivi praticamente da mão para a boca, e passei fome diversas vezes. Somente a partir de 1934 consegui viver do que ganhava com o que escrevia. Nesse meio-tempo, algumas vezes, passei meses a fio entre os menos favorecidos e os quase criminosos que moravam nas piores partes dos bairros mais pobres, ou passavam a viver nas ruas, mendigando e roubando. Nessa época, juntei-me a eles por falta de dinheiro, mas posteriormente seu

---

2. Guarda ou força militar encarregada de executar as funções de polícia no âmbito da população civil. (N.E.)

modo de vida passou a me interessar. Passei muitos meses (dessa vez, de modo mais sistemático) estudando as condições de vida dos mineiros do norte da Inglaterra. Até 1930, em geral, eu não me considerava socialista. Na verdade, até então eu não tinha opiniões políticas claramente definidas. Tornei-me favorável ao socialismo mais por desgosto com o modo como o setor mais pobre dos trabalhadores da indústria eram oprimidos e negligenciados do que por alguma admiração teórica de uma sociedade planejada.

Em 1936, me casei. Quase na mesma semana, estourou a guerra civil na Espanha. Minha esposa e eu quisemos ir para lá, combater a favor do governo espanhol. Preparamos tudo em seis meses, assim que terminei de redigir o livro que estava escrevendo na época. Na Espanha, passei quase seis meses no *front* de Aragón, até que, em Huesca, um atirador fascista me acertou um tiro na garganta.

Nos primeiros estágios da guerra, os estrangeiros ignoravam totalmente as disputas internas entre os diversos partidos políticos que apoiavam o governo. Por meio de uma série de acidentes, juntei-me não à Brigada Internacional, como a maioria dos estrangeiros, mas à milícia do POUM [*Partit Obrer d'Unificació Marxista* – Partido dos Trabalhadores da Unificação Marxista] – ou seja, aos trotskistas espanhóis.

Assim, em meados de 1937, quando os comunistas conseguiram controlar (ou parcialmente controlar) o governo espanhol e começaram a perseguir os trotskistas, nós nos vimos entre as vítimas. Tivemos muita sorte de conseguirmos escapar vivos da Espanha, e não fomos presos nenhuma vez. Muitos dos nossos amigos foram fuzilados, e outros passaram muito tempo na prisão ou simplesmente desapareceram.

Essas caçadas humanas na Espanha aconteciam ao mesmo tempo que os grandes expurgos na União Soviética, e foram uma espécie de complemento a eles. Na Espanha, assim como na Rússia, a natureza das acusações (a saber, conspirar com os fascistas) era a mesma, e, pelo menos no tocante à Espanha, eu tinha todos os motivos para acreditar que as acusações eram falsas. Experimentar tudo isso foi uma valiosa lição objetiva: ensinou-me como é fácil para a propaganda totalitária controlar a opinião de pessoas esclarecidas em países democráticos.

Minha esposa e eu vimos pessoas inocentes sendo presas meramente por suspeita de não serem ortodoxas. No entanto, quando voltamos à Inglaterra, encontramos diversos observadores bem-informados que acreditavam nos relatos mais fantásticos de conspiração, traição e sabotagem que a imprensa divulgava a respeito dos processos de Moscou. E

16

assim compreendi, mais claramente do que nunca, a influência negativa do mito soviético sobre o movimento socialista ocidental.

Aqui faço uma pausa para descrever minha atitude em relação ao regime soviético. Nunca visitei a Rússia, e meu conhecimento a respeito consiste apenas no que aprendi lendo livros e jornais. Mesmo que eu pudesse, não gostaria de interferir em assuntos domésticos soviéticos: eu não condenaria Stalin e seus associados meramente por seus métodos bárbaros e não democráticos. É bem possível que, mesmo com as melhores intenções, eles não pudessem ter agido de outra forma nas condições então predominantes.

Contudo, por outro lado, era da maior importância para mim que as pessoas da Europa ocidental vissem o regime soviético como ele realmente era. Desde 1930, eu presenciara poucas evidências de que a União Soviética estivesse progredindo em direção a algo que se pudesse verdadeiramente chamar de socialismo. Pelo contrário, o que me chamava atenção eram claros sinais de sua transformação em uma sociedade hierárquica na qual os mandantes não tinham mais motivo para abrir mão de seu poder como qualquer outra classe dominante. Além disso, os trabalhadores e a *intelligentsia* em um país como a Inglaterra não conseguem entender que a União Soviética hoje é completamente diferente do que era em 1917. Em parte porque eles não querem entender (ou seja, eles querem acreditar que em algum lugar do mundo existe um país realmente socialista), e em parte porque, acostumados à liberdade relativa e à moderação na vida pública, pensam que o totalitarismo é algo completamente incompreensível para eles.

No entanto, é preciso lembrar que a Inglaterra não é completamente democrática. É também um país com grandes privilégios de classe e (até hoje, depois de uma guerra que tendia a equalizar todo mundo) com grandes diferenças econômicas. Não obstante é um país onde as pessoas vivem juntas há muitas centenas de anos sem grandes conflitos, onde as leis são relativamente justas e as notícias e estatísticas oficiais são quase sempre verídicas, e, por fim, mas não menos importante, onde defender e expressar opiniões minoritárias não envolvem nenhum perigo mortal. Em uma atmosfera assim, o homem da rua não entende realmente coisas como campos de concentração, deportações em massa, prisões sem julgamento, censura de imprensa, etc. Tudo o que ele lê sobre um país como a União Soviética é automaticamente traduzido em termos ingleses, e ele ingenuamente aceita as mentiras da propaganda totalitária. Até 1939, e mesmo depois, a maioria do povo inglês era incapaz de perceber a verdadeira natureza do regime nazista na Alemanha, e hoje, com o regime soviético, eles ainda em grande medida estão sob o mesmo tipo de ilusão.

Isso causou grande prejuízo ao movimento socialista na Inglaterra e gerou sérias consequências para a política externa inglesa. Na verdade, a meu ver, nada contribuiu tanto para a corrupção da ideia original de socialismo quanto a crença de que a Rússia é um país socialista e que cada ato de seus mandantes deve ser perdoado, quando não imitado.

E, assim, nos últimos dez anos, me convenci de que a destruição do mito soviético era essencial se almejássemos um renascimento do movimento socialista.

Ao voltar da Espanha, pensei em expor o mito soviético em uma reportagem que pudesse ser facilmente compreendida por praticamente qualquer pessoa e que pudesse ser facilmente traduzida em outras línguas. Contudo, os detalhes concretos da história só me ocorreriam algum tempo depois, até que um dia (quando eu morava em uma pequena vila), vi um garotinho, talvez de dez anos, conduzindo uma carroça enorme por um caminho estreito, chicoteando o cavalo sempre que o animal tentava se desviar. Ocorreu-me que se aqueles animais tivessem consciência da própria força não teríamos nenhum poder sobre eles, e que os homens exploram os animais de maneira muito parecida com o modo como os ricos exploram o proletariado. Comecei então a analisar a teoria de Marx do ponto de vista dos animais. Para eles, era claro que o conceito de luta de classes entre humanos era pura ilusão, pois, sempre que era necessário explorar os animais, todos os humanos se uniam contra eles: a verdadeira luta era entre animais e humanos. Desse ponto de partida, não foi difícil elaborar a história. Não a escrevi até 1943, pois estive sempre envolvido em outros trabalhos que não me permitiram dispor do tempo necessário; e no final acabei incluindo alguns acontecimentos, por exemplo, a Conferência de Teerã, que estavam ocorrendo no momento em que eu escrevia. Desse modo, os esboços dessa história permaneceram na minha cabeça por um período de seis anos antes de esta ser efetivamente escrita.

Não quero comentar a obra; se a obra não fala por si mesma, é um fracasso. Porém eu gostaria de enfatizar dois aspectos: primeiro que, embora os episódios sejam tirados da história factual da Revolução Russa, esses episódios são tratados esquematicamente e a ordem cronológica foi alterada; isso foi necessário para preservar a simetria da história. O segundo ponto passou despercebido pela maioria dos críticos, possivelmente porque não o enfatizei o suficiente. Diversos leitores podem chegar ao livro com a impressão de que a história termina com a reconciliação completa de porcos e homens. Não foi essa minha intenção; pelo contrário, eu queria que o final fosse uma nota de discordância altissonante, pois o escrevi imediatamente após a Conferência de Teerã, que todo mundo achou que havia estabelecido a melhor relação possível entre a União Soviética e o Ocidente. Eu pessoalmente não acreditava que aquela boa relação fosse durar muito; e, como os acontecimentos demonstraram, eu não estava muito equivocado.

Não sei o que mais preciso acrescentar. Se alguém se interessa por detalhes pessoais, devo acrescentar que sou viúvo, tenho um filho de quase três anos, que exerço a profissão de escritor, e que desde o começo da guerra trabalhei principalmente como jornalista. O jornal com o qual colaborei mais regularmente é o *Tribune*, um semanário sociopolítico que representa, de modo geral, a esquerda do Partido Trabalhista. Os meus seguintes livros podem interessar ao leitor comum (caso algum leitor desta tradução encontre exemplares deles): *Dias na Birmânia* (uma história sobre a Birmânia), *Homenagem à Catalunha* (baseado nas minhas experiências na Guerra Civil Espanhola), e *Ensaios críticos* (ensaios principalmente sobre literatura inglesa popular contemporânea, instrutivo mais do ponto de vista sociológico do que literário).

George Orwell, março de 1947

Capítulo 1

O senhor Jones, da Fazenda Solar, passou o cadeado no galinheiro à noite, mas estava bêbado demais para se lembrar de fechar as portinholas. Com o facho do lampião oscilando de um lado para o outro, ele cambaleou pelo terreiro, chutou fora as botas próximo à porta dos fundos, tomou um último copo de cerveja do barril na lavanderia e subiu para o quarto, onde a senhora Jones já estava roncando.

Assim que a luz do quarto se apagou, houve uma movimentação e um alvoroço em toda a fazenda. Durante todo o dia estavam dizendo que o velho Major, premiado porco branco, havia tido um sonho estranho na noite anterior, e ele gostaria de comunicá-lo aos outros bichos. Tinham combinado que se encontrariam no celeiro grande assim que o senhor Jones estivesse seguramente fora do caminho. O velho Major (como ele era chamado, embora o nome com que havia sido premiado fosse Primor de Willingdon) era tão bem considerado na fazenda que todo mundo estava disposto a perder uma hora de sono para ouvir o que ele tinha a dizer.

Em uma das extremidades do celeiro grande, em uma espécie de plataforma mais alta, Major já estava recolhido em sua cama de palha, embaixo de uma lanterna pendurada em uma viga. Ele já tinha doze anos, e nos últimos tempos ficara bastante parrudo, mas ainda era um porco de aparência majestosa, com um ar sábio e benevolente, apesar de suas presas nunca terem sido aparadas. Logo os outros bichos começaram a chegar e a se acomodar, cada um à sua maneira. Primeiro chegaram os três cachorros, Bluebell, Jessie e Pincher, e depois os porcos, que se sentaram na palha logo em frente à plataforma. As galinhas se empoleiraram nas janelas, os pombos esvoaçaram até os caibros, as ovelhas e as vacas se deitaram atrás dos porcos e se puseram a ruminar. Os dois cavalos de carga, Boxer e Clover, chegaram juntos, caminhando bem devagar e acomodando com muito cuidado seus cascos cobertos de pelo, pois poderia haver algum bicho pequeno escondido na palha. Clover era uma égua parruda e maternal, quase de meia-idade, que nunca recuperara exatamente a forma depois da quarta cria. Boxer era um animal enorme, tinha quase um metro e oitenta e era forte como dois cavalos comuns somados. Uma listra branca em seu focinho lhe dava uma aparência um tanto estúpida, e na verdade sua inteligência não era das melhores, mas ele era universalmente respeitado pela constância de seu caráter e sua tremenda capacidade de trabalho. Depois dos cavalos, veio Muriel, a cabra branca, e Benjamin, o burro. Benjamin era o bicho mais antigo da fazenda, e o mais mal-humorado. Ele raramente falava e, quando falava, geralmente era para fazer algum comentário cínico – por exemplo, dizia que Deus lhe dera um rabo para espantar as moscas, mas que preferiria não ter rabo e que não houvesse moscas. Solitário entre os bichos da fazenda, ele nunca dava risada. Se perguntavam o porquê, dizia que não via nenhum motivo para riso. Não obstante, sem admitir abertamente, era grande amigo de Boxer; os dois costumavam passar os domingos juntos no pequeno cercado atrás do pomar, pastando lado a lado, sem falar nada.

Os dois cavalos haviam acabado de se acomodar quando uma ninhada de patinhos, que havia se perdido da mãe, entrou enfileirada no celeiro, grasnando baixinho e perambulando, para lá e para cá, procurando um lugar onde não seriam pisoteados. Clover fez uma espécie de cerca em volta deles com sua grande perna dianteira, e os patinhos se aninharam dentro e logo pegaram no sono. Na última hora, Mollie, a bela e vaidosa égua branca que puxava a charrete do senhor Jones, veio delicadamente, pisando leve, mascando um torrão de açúcar. Ela se postou bem em frente e começou a balançar a crina branca, na esperança de chamar atenção para as fitas vermelhas que trançavam sua crina. Por último, enfim, chegou a gata, que olhou ao redor, como sempre, em busca do local mais quente, e finalmente se espremeu entre Boxer e Clover; ali ela ronronou satisfeita durante todo o discurso de Major sem ouvir uma única palavra do que ele estava dizendo.

Todos os animais estavam agora presentes, exceto Moses, o corvo doméstico, que dormia em um poleiro atrás da porta dos fundos da casa-grande. Quando Major viu que estavam todos confortavelmente instalados e esperavam com atenção, ele pigarreou e começou:

— Camaradas, vocês já ficaram sabendo que tive um sonho estranho ontem à noite. Mas chegarei ao sonho depois. Tenho uma coisa para dizer primeiro. Não creio, camaradas, que tenha muitos meses pela frente com vocês, e, antes de morrer, sinto que é meu dever transmitir a vocês essa sabedoria que adquiri. Minha vida foi longa, tive muito tempo para pensar, deitado sozinho em meu chiqueiro, e eu acredito poder dizer que entendo a natureza da vida nesta terra tão bem quanto qualquer outro animal atualmente existente. É sobre isso que eu quero falar.

Ora, camaradas, qual é a natureza desta nossa vida? Vamos encarar a verdade: nossas vidas são miseráveis, laboriosas e breves. Nós nascemos, eles nos dão um tanto de comida, só o bastante para nos mantermos respirando, e aqueles de nós que são capazes de trabalhar são obrigados a fazê-lo até o último átomo de nossas forças; e no exato instante em que nossa utilidade chega ao fim, somos esquartejados com hedionda crueldade. Nenhum animal na Inglaterra sabe o que significa felicidade ou lazer depois que completa um ano de idade. Nenhum animal é livre na Inglaterra. A vida dos bichos é miséria e escravidão: eis a pura verdade.

Mas será que isso simplesmente faz parte da ordem da natureza? Esta nossa terra é tão pobre que não pode oferecer uma vida decente àqueles que moram nela? Não, camaradas, mil vezes não! O solo da Inglaterra é fértil, o clima é bom, é capaz de fornecer alimento em abundância para um número imensamente maior de animais do que os que atualmente a habitam. Esta única fazenda nossa sustentaria uma dúzia de cavalos, vinte vacas, centenas de ovelhas... E todos vivendo com um conforto e uma dignidade que hoje estão quase além da nossa imaginação. Por que então continuamos nessa condição miserável? Porque praticamente todo o produto do nosso trabalho é roubado de nós por seres humanos. Eis aí, camaradas, a resposta a todos os nossos problemas. Resume-se a uma única palavra: Homem. O homem é o único verdadeiro inimigo que temos. Retiremos o homem de cena, e a causa fundamental da fome e do excesso de trabalho estará abolida para sempre.

O homem é a única criatura que consome sem produzir. Ele não dá leite, ele não põe ovos, ele é fraco demais para puxar o arado, ele não consegue correr depressa o suficiente para caçar coelhos. E, no entanto, ele é o senhor de todos os animais. Ele os põe para trabalhar e ele lhes devolve só o mínimo que lhes impeça de morrer de fome; todo o resto guarda para si. O nosso trabalho sulca a terra, o nosso esterco a fertiliza; porém, nenhum de nós possui nada além da própria pele. Vocês, vacas, que eu vejo aqui diante de mim, quantos mil galões de leite deram ano passado? E o que aconteceu com esse leite que devia estar alimentando bezerros robustos? Cada gota desse leite se foi goela abaixo de nossos inimigos. E vocês, galinhas, quantos ovos puseram ano passado, e quantos desses ovos foram chocados e viraram galinhas? Todo o resto foi levado ao mercado para dar dinheiro ao Jones e a seus homens. E você, Clover, onde estão aqueles quatro potrinhos que você teve e que deveriam ser o apoio e o prazer da sua velhice? Foram todos vendidos ao completarem um ano, você nunca mais os verá outra vez. Em troca dos seus quatro partos e de todo o seu trabalho nos campos, o que você já recebeu na vida além de mera ração e uma baia?

E mesmo essas vidas miseráveis que levamos não têm o direito de atingir sua duração natural. Não estou reclamando por mim, pois sou um dos que teve sorte. Tenho doze anos e tive quatrocentos filhos. Essa é a vida natural de um porco. Mas nenhum animal escapa do cutelo cruel no final. Vocês, jovens leitões, sentados à minha frente, cada um de vocês morrerá gritando no cepo dentro de um ano. A esse horror, todos haveremos de chegar... Vacas, porcos, galinhas, ovelhas, todo mundo. Até os cavalos e os cachorros, seu destino não é melhor. Você, Boxer, no dia em que esses seus grandes músculos perderem a força, o Jones vai vendê-lo ao comprador de carcaça, que vai cortar seu pescoço e fervê-lo para alimentar os sabujos. Quanto aos cachorros, quando ficam velhos e sem dentes, o Jones amarra uma pedra no pescoço deles e os afoga no lago mais próximo.

Não é cristalino, então, camaradas, que todos os males desta nossa vida se originam da tirania dos seres humanos? Basta que nos livremos do homem, e o produto do nosso trabalho será nosso. Quase da noite para o dia nos tornaremos ricos e livres. Então, o que precisamos fazer? Ora, trabalhar noite e dia, com corpo e alma, pela derrubada da raça humana! Eis minha mensagem para vocês, camaradas: rebelião! Não sei quando essa rebelião virá, pode ser em uma semana ou daqui a cem anos, mas eu sei, tão certo quanto estou vendo essa palha embaixo de mim, que cedo ou tarde a justiça será feita. Mantenham seus olhos fixos nisso, camaradas, ao longo do pouco que resta de suas vidas! E, acima de tudo, passem adiante essa minha mensagem para aqueles que vierem depois de vocês, para que as gerações futuras continuem a luta até a vitória.

E, lembrem-se, camaradas, sua determinação não pode nunca fraquejar. Nenhum argumento poderá desviá-los. Jamais deem ouvidos quando disserem que o homem e os bichos têm um interesse comum, que a prosperidade de um é a prosperidade dos outros. Isso é tudo mentira. O homem não serve aos interesses de nenhuma criatura além de si mesmo. E entre nós, animais, que haja perfeita unidade, perfeita camaradagem na luta. Todos os homens são inimigos. Todos os bichos são camaradas.

Nesse momento, houve um tremendo tumulto. Enquanto Major falava, quatro ratos grandes saíram de seus buracos e estavam sentados nas patas de trás, ouvindo o que ele dizia. Os cachorros de repente os notaram; não fosse a rápida fuga de volta para os buracos, os ratos não teriam escapado com vida. Major levantou a pata da frente pedindo silêncio.

— Camaradas – disse ele –, eis um ponto que precisa ser esclarecido. As criaturas selvagens, como os ratos e os coelhos, são nossos amigos ou nossos inimigos? Vamos decidir em uma votação. Eu proponho a seguinte questão para este encontro: ratos são camaradas?

A votação foi feita imediatamente, e decidiu-se por esmagadora maioria que os ratos eram camaradas. Houve apenas quatro votos discordantes, dos três cachorros e da gata, que, como apurado mais tarde, havia votado nas duas propostas. Major continuou:

— Não tenho mais muito o que dizer. Só vou repetir, lembrem-se sempre do seu dever de ser inimigo do homem e de tudo o que ele faz. Tudo o que anda em duas pernas é inimigo. Tudo o que anda em quatro pernas ou tem asas é amigo. E lembrem-se também de que, na luta contra o homem, não podemos ficar parecidos com ele. Mesmo depois que o dominarem, não adotem os vícios do homem. Nenhum animal deve morar em uma casa, nem dormir em uma cama, nem usar roupa, nem beber álcool, nem fumar tabaco, nem tocar em dinheiro, nem praticar comércio. Todos os hábitos do homem são maus. E, acima de tudo, nenhum animal jamais deve tiranizar seus semelhantes. Fracos ou fortes, inteligentes ou simplórios, nós somos todos irmãos. Nenhum animal deve jamais matar outro animal. Todos os bichos são iguais.

E agora, camaradas, vou lhes contar o sonho que eu tive ontem à noite. Não sei descrever esse sonho. Foi um sonho de como será a terra depois que o homem desaparecer. Mas me lembrou de uma coisa que eu havia esquecido fazia muito tempo. Muitos anos atrás, quando eu era um leitãozinho, minha mãe e outras porcas costumavam cantar uma velha canção da qual só sabiam o refrão e as primeiras palavras. Eu aprendi essa música na infância, mas desde aquela época eu não me lembrava mais dela. Ontem à noite, no entanto, ela voltou para mim no meu sonho. E, mais que isso, as palavras da canção também voltaram; palavras, tenho certeza, que eram cantadas pelos bichos muito tempo atrás e cuja memória ficou perdida por gerações. Eu vou cantar essa canção para vocês agora, camaradas. Estou velho e a minha voz está rouca, mas, depois que eu lhes ensinar a música, vocês poderão cantar melhor sozinhos. Chama-se *Bichos da Inglaterra*.

O velho Major pigarreou e começou a cantar. Como ele mesmo disse, sua voz estava rouca, mas ele cantou bem o suficiente, e era uma canção animada, algo entre *Clementine* e *La Cucaracha*. A letra dizia:

Bichos da Inglaterra, bichos da Irlanda,
bichos de toda terra e todo clima,

ouçam as boas-novas que mando:
o futuro dourado se aproxima.

Cedo ou tarde, o dia está perto,
o homem tirano será derrubado,
e na Inglaterra os campos férteis
por bichos apenas serão pisados.

Adeus, argolas das nossas fuças,
adeus, arreios das nossas costas.
Bridas, esporas terão ferrugem.
Não estalarão cruéis chicotes.

Riquezas, mais que se sonhava,
trigo e cevada, aveia e feno,
de trevos, feijões, beterrabas
diariamente seremos plenos.

Hão de brilhar, campos ingleses,
serão mais puras suas águas,
ainda mais doces suas brisas,
no dia da nossa liberdade.

Até lá, trabalharemos; trabalhar é nossa luta.
Nossa pena, nossa morte, valerá nossa ambição;
vacas, cavalos, gansos, peruas,
à batalha da libertação.

Bichos da Inglaterra, bichos da Irlanda,
bichos de toda terra e todo clima,
escutem e espalhem as novas que mando:
o futuro dourado se aproxima.

Entoar essa canção deixou os bichos em desvairada excitação.
Pouco antes de Major chegar ao fim, já haviam começado a cantar sozinhos. Até mesmo o mais estúpido deles já havia aprendido a música e alguma parte da letra, e os mais inteligentes, como porcos e cachorros, já haviam decorado a letra em poucos minutos. E, então, depois de algumas tentativas preliminares, a fazenda inteira entoou *Bichos da*

Inglaterra em tremendo uníssono. Vacas mugiam a canção, cães a ganiam, ovelhas a baliam, cavalos a relinchavam, patos a grasnavam. Eles gostaram tanto da canção que a cantaram inteira cinco vezes seguidas, e poderiam ter continuado cantando aquela música a noite inteira se não tivessem sido interrompidos.

Infelizmente, o alvoroço acordou o senhor Jones, que levantou da cama certo de que havia uma raposa lá fora. Ele pegou a espingarda que sempre ficava apoiada no canto do quarto e disparou um tiro na escuridão da noite. As esferas de chumbo se cravaram na parede do celeiro, e a reunião terminou às pressas. Todos fugiram, cada um para o lugar onde dormia. As aves pularam em seus poleiros, os bichos se acomodaram na palha, e a fazenda inteira adormeceu após um instante.

Capítulo 2

Três noites depois, o velho Major morreu pacificamente enquanto dormia. Seu corpo foi enterrado perto do pomar.

Isso foi no início de março. Nos três meses seguintes, houve muita atividade secreta. O discurso de Major dera aos bichos mais inteligentes da fazenda uma visão completamente nova da vida. Eles não sabiam quando a rebelião prevista por Major ocorreria; não tinham motivo para pensar que fosse enquanto estivessem vivos, mas viram claramente que era seu dever se preparar para ela. O trabalho de ensinar e organizar os outros bichos naturalmente coube aos porcos, que eram considerados por todos os mais inteligentes. Com destaque entre os porcos, havia dois leitões chamados Snowball e Napoleon, que o senhor Jones estava cevando para vender. Napoleon era um porco malhado de Berkshire, grande, de aparência um tanto feroz, o único malhado da fazenda, não era muito de falar, mas tinha fama de fazer tudo à sua maneira. Snowball era um porco branco, mais vivaz que Napoleon, de língua mais rápida, mais inventivo, mas não consideravam que tivesse a mesma profundidade de caráter. Todos os outros porcos machos da fazenda eram engordados para o corte. O mais conhecido entre estes era um leitãozinho gordo chamado Squealer, com bochechas bem rechonchudas, olhos piscantes, movimentos ágeis e uma voz muito aguda. Era um conversador brilhante e, quando estava defendendo algum argumento difícil, tinha o costume de ficar de um lado para o outro, mexendo o rabo, o que de alguma forma era muito persuasivo. Diziam que Squealer era capaz de transformar preto em branco.

Esses três transformariam os ensinamentos do velho Major em um completo sistema de pensamento, ao qual deram o nome de Animalismo. Várias noites por semana, depois que o senhor Jones ia dormir, eles faziam reuniões secretas no celeiro e expunham os princípios do Animalismo para os outros. No começo, eles se depararam com muita estupidez e apatia. Alguns dos bichos falavam do dever de lealdade ao senhor Jones, a quem se referiam como patrão, ou faziam observações básicas como "O senhor Jones nos dá comida. Se ele for embora, nós morreremos de fome!". Outros faziam perguntas como "Por que deveríamos nos importar com o que vai acontecer quando estivermos mortos?" ou "Se essa rebelião vai acontecer de qualquer jeito, que diferença faz se trabalharmos por ela ou não?", e os porcos tiveram grande dificuldade para fazê-los ver que isso era contrário ao espírito do Animalismo. As perguntas mais estúpidas de todas foram feitas por Mollie, a égua branca. A primeiríssima pergunta que ela fez a Snowball foi:

— Ainda vai existir açúcar depois da rebelião?

— Não – disse Snowball firmemente. – Não temos meios de produzir açúcar nesta fazenda. Além do mais, você não precisa de açúcar. Você terá toda a aveia e todo o feno que quiser.

— E eu ainda vou poder usar fitas na minha crina? – perguntou Mollie.

— Camarada – disse Snowball –, essas fitas que você tanto adora são o emblema da escravidão. Você não consegue entender que a liberdade vale mais que um laço de fita?

Mollie concordou, mas não pareceu muito convencida.

Os porcos tiveram de se esforçar ainda mais para responder às mentiras lançadas por Moses, o corvo da casa-grande. Moses, que era o bicho de estimação especial do senhor Jones, era um espião e um mexeriqueiro, mas era também um orador astuto. Ele dizia saber da existência de uma região misteriosa chamada Montanha de Açúcar, para onde iam todos os bichos após a morte. Essa montanha ficava em algum lugar lá no céu, um pouco acima das nuvens, dizia Moses. Na Montanha de Açúcar, era domingo sete dias por semana, tinha trevo em toda estação do ano e os torrões de açúcar e bolos de linhaça davam em árvores. Os animais odiavam Moses porque ele só contava histórias e nunca trabalhava, mas alguns acreditavam na Montanha de Açúcar, e os porcos tiveram de argumentar bastante para convencê--los de que tal lugar não existia.

Os discípulos mais fiéis eram os dois cavalos de carga, Boxer e Clover. Esses dois tinham muita dificuldade de pensar em qualquer coisa sozinhos, mas, depois que aceitaram os porcos como seus professores, eles absorveram tudo o que lhes disseram e o transmitiram aos outros animais com argumentos simples. Eram infalíveis na frequência às reuniões secretas no celeiro e puxavam a cantoria de *Bichos da Inglaterra*, que finalizava todas as reuniões.

Então, como se comprovou, a rebelião aconteceu muito antes e com muito mais facilidade que qualquer um havia esperado. Tempos atrás, o senhor Jones, embora fosse um patrão duro, havia sido um fazendeiro capaz, mas ultimamente vinha sofrendo muitos reveses. Ficara muito desanimado ao perder dinheiro em um processo legal e passara a beber mais do que lhe convinha. Às vezes, ficava dias inteiros em sua cadeira na cozinha, lendo jornais, bebendo e, de quando em quando, dando a Moses migalhas de pão molhadas na cerveja. Seus empregados eram preguiçosos e desonestos, os campos estavam cheios de ervas daninhas, os telhados precisavam de reparos, as roças estavam abandonadas e os animais, subnutridos.

Em junho, o feno estava quase pronto para ser ceifado. Na época das festas de junho, em um sábado, o senhor Jones foi a Willingdon e ficou tão bêbado no Red Lion que só voltou ao meio-dia do domingo. Os empregados tinham ordenhado as vacas bem cedo e, depois, foram caçar coelhos, sem se dar ao trabalho de alimentar os animais. Quando o senhor Jones voltou, ele imediatamente foi dormir no sofá da sala com o *News of the World* aberto sobre o rosto, de modo que, quando anoiteceu, os bichos ainda não tinham comido nada. Enfim, eles não puderam mais suportar. Uma das vacas arrebentou a porta do paiol com o chifre e todos os bichos foram se servir de espigas. Foi nesse instante que o senhor Jones acordou. No momento seguinte, ele e seus quatro empregados estavam no paiol com chicotes nas mãos, estalando-os em todas as direções. Isso foi mais do que os animais famintos puderam suportar. Com um único movimento, embora nada do tipo tivesse sido planejado de antemão, partiram para cima de seus algozes. Jones e seus homens subitamente se viram cabeceados e escoiceados por todos os lados. A situação ficou muito fora do controle deles. Nunca tinham visto animais se comportando daquele jeito antes, e essa súbita insurreição das criaturas, a quem eles estavam acostumados a espancar e maltratar como bem entendessem, quase os matou de susto. Após um ou dois momentos de hesitação, desistiram de se defender e correram. No minuto seguinte, os cinco homens fugiam pelo caminho da carroça que levava à estrada principal, com os animais triunfantes atrás deles.

A senhora Jones espiou pela janela do quarto, viu o que estava acontecendo, rapidamente jogou alguns pertences em uma mala de tecido grosso e escapuliu da fazenda por outro lado. Moses saltou do poleiro e voou atrás dela, grasnando em voz alta. Nesse meio-tempo, os bichos tinham perseguido Jones e seus homens pela estrada e batido o portão gradeado atrás deles. E, assim, antes mesmo que percebessem o que estava acontecendo, a rebelião havia se realizado com sucesso: Jones foi expulso, e a Fazenda Solar era dos bichos.

Nos primeiros minutos, os animais mal puderam acreditar na boa sorte que tiveram. Seu primeiro ato foi galopar em grupo, percorrendo os limites da fazenda, para garantir que não houvesse mais nenhum humano escondido em nenhum lugar; depois, voltaram correndo para as instalações, para apagar até os últimos vestígios do odioso reinado de Jones. A sala dos arreios, no fundo do estábulo, foi arrombada; as bridas, focinheiras, coleiras, as facas cruéis que o senhor Jones usara para castrar porcos e carneiros, tudo foi jogado no poço. As rédeas, cabrestos, antolhos, bornais humilhantes foram atirados em uma fogueira que estava acesa no terreiro. Fizeram o mesmo com todos os chicotes. Todos os bichos deram pulos de alegria quando viram os chicotes em chamas. Snowball também jogou na fogueira as fitas com as quais as crinas e os rabos dos cavalos geralmente eram decorados nos dias de feira.

— As fitas – disse ele – deveriam ser consideradas roupas, que são a marca do ser humano. Todos os animais deveriam andar nus.

Quando Boxer ouviu isso, ele pegou o chapeuzinho de palha que usava no verão para afastar as moscas de suas orelhas e o atirou na fogueira com o resto dos apetrechos.

Em pouquíssimo tempo, os bichos destruíram tudo aquilo que os fazia lembrar do senhor Jones. Napoleon levou-os de volta ao paiol e serviu ração dupla para todo mundo e dois biscoitos para cada cachorro. Em seguida, cantaram *Bichos da Inglaterra* do começo ao fim sete vezes seguidas e, depois disso, se recolheram e dormiram como nunca tinham dormido antes.

Eles acordaram ao raiar do dia como sempre e, de repente, lembrando-se da coisa gloriosa que tinha acontecido, correram para o pasto juntos. Um pouco adiante no pasto, havia um promontório que oferecia uma ampla vista da maior parte da fazenda. Os bichos subiram correndo até o topo e contemplaram a paisagem na luz clara da manhã. Sim, era tudo deles – até onde podiam ver, era tudo deles! No êxtase desse pensamento, deitaram e rolaram, deram pulos no ar, em grandes saltos de excitação. Rolaram no orvalho, mascaram bocados do doce capim do verão, chutaram para cima torrões de terra preta e farejaram seu cheiro intenso. Depois fizeram um passeio para inspecionar a fazenda inteira e examinaram com admiração muda os lotes arados, o campo de feno, o pomar, o lago, o arvoredo. Era como se eles nunca tivessem visto aquelas coisas antes, e mesmo agora mal conseguiam acreditar que era tudo deles.

Então voltaram em fila para as instalações da fazenda e pararam em silêncio diante da porta da casa-grande. A casa-grande também era deles, mas ficaram com medo de entrar. Após um momento, contudo, Snowball e Napoleon empurraram a porta com os ombros até abri-la, e os bichos entraram um atrás do outro, andando com o máximo de cuidado, com medo de derrubar alguma coisa. Eles foram na ponta das patas de cômodo em cômodo, com receio de falar mais alto que um sussurro e contemplando com uma espécie de temor reverente aquele luxo inacreditável, as camas com seus colchões de penas, os espelhos, o sofá de crina de cavalo, a tapeçaria de Bruxelas, a litogravura da rainha Vitória sobre o aparador da sala. Eles estavam descendo as escadas quando notaram que Mollie havia sumido. Voltando, os outros descobriram que ela havia ficado para trás, no melhor quarto da casa. Ela havia pegado um pedaço de fita azul da penteadeira da senhora Jones e segurava a fita junto ao ombro e se admirava no espelho de modo vaidoso. Os demais a criticaram profundamente, e todos saíram da casa. Alguns presuntos pendurados na cozinha foram levados e enterrados, e o barril de cerveja na lavanderia foi rachado com um coice de Boxer; fora isso, nada na casa foi tocado. Ali mesmo passaram uma resolução unânime de que a casa-grande da fazenda deveria ser preservada como um museu. Todos concordaram que nenhum bicho jamais viveria ali.

Os bichos fizeram o desjejum, e depois Snowball e Napoleon convocaram outra reunião.

— Camaradas – disse Snowball –, são seis e meia da manhã e temos um dia longo pela frente. Hoje começaremos a colheita do feno. Contudo, há outra questão que precisamos resolver primeiro.

Os porcos então revelaram que nos últimos três meses haviam aprendido sozinhos a ler e escrever em uma velha cartilha que havia pertencido aos filhos do senhor Jones e que tinha sido jogada no lixo. Napoleon mandou buscarem baldes de tinta branca e preta e puxou a fila até o portão gradeado que dava na estrada principal. Então, Snowball (pois era ele quem escrevia melhor) pegou um pincel entre os dois dedos da pata dianteira, pintou de tinta branca a placa do alto, onde estava escrito *Fazenda Solar*, e, no lugar, escreveu em preto *Fazenda dos Bichos*. Esse seria o nome da fazenda dali em diante. Depois disso, voltaram para as instalações da fazenda, onde Snowball e Napoleon mandaram buscar uma escada e pediram para apoiá-la na parede dos fundos do celeiro grande. Eles explicaram que, em seus estudos dos últimos três meses, os porcos haviam conseguido reduzir os princípios do Animalismo a Sete Mandamentos. Esses mandamentos seriam escritos na parede; eles formariam a lei inalterável segundo a qual todos os bichos da fazenda deveriam viver para sempre. Com alguma dificuldade (pois não é fácil para um porco se equilibrar em uma escada), Snowball subiu e se pôs a trabalhar, com Squealer, alguns degraus abaixo, segurando o balde de tinta. Os mandamentos foram escritos na parede suja em grandes letras brancas que podiam ser lidas a quase trinta metros de distância. Diziam o seguinte:

OS SETE MANDAMENTOS

1. Tudo o que anda em duas pernas é inimigo.
2. Tudo o que anda em quatro pernas ou tem penas é amigo.
3. Nenhum bicho usará roupa.
4. Nenhum bicho dormirá em cama.
5. Nenhum bicho beberá álcool.
6. Nenhum bicho matará outro bicho.
7. Todos os bichos são iguais.

Estava muito bem redigido e, com exceção de "amigo", que estava escrito "amingo", e de um dos "s" estar escrito ao contrário, a grafia estava toda correta. Snowball leu em voz alta para que todos pudessem entender. Todos os bichos assentiram, em total acordo, e os mais inteligentes logo começaram a decorar os mandamentos.

— Agora, camaradas – exclamou Snowball, soltando o pincel –, vamos ao campo de feno! Que seja uma questão de honra para nós terminar a colheita mais depressa do que Jones e seus homens faziam.

Nesse momento, porém, as três vacas, que já pareciam inquietas havia algum tempo, começaram a mugir bem alto. Fazia vinte e quatro horas que não eram ordenhadas, e seus úberes estavam quase explodindo de tão cheios. Após refletir um pouco, os porcos mandaram trazer os baldes e as vacas foram ordenhadas com sucesso, pois suas patas eram bem adaptadas para essa tarefa. Logo havia cinco baldes cheios de leite espumoso e cremoso que muitos bichos olharam com considerável interesse.

— O que vai acontecer com todo esse leite? – disse alguém.

— Jones às vezes misturava um pouco em nossa ração – disse uma das galinhas.

— Não se preocupem com o leite, camaradas! – exclamou Napoleon, postando-se diante dos baldes. – Isso logo será resolvido. A colheita é o mais importante. Camarada Snowball conduzirá a fila. Eu me juntarei a vocês em poucos minutos. Avante, camaradas! O feno nos espera.

E assim os bichos foram em tropa até o campo de feno para começar a colheita, e quando voltaram, ao anoitecer, perceberam que o leite havia desaparecido.

Capítulo 3

Como eles deram duro e suaram para colher todo aquele feno! Mas seus esforços foram recompensados, pois a colheita foi um sucesso ainda maior do que eles esperavam.

O trabalho em alguns momentos foi difícil, pois as ferramentas foram desenhadas para seres humanos, e não para animais, e foi uma grande desvantagem o fato de nenhum animal conseguir ficar em pé nas patas traseiras para usar certos equipamentos. Entretanto os porcos eram tão inteligentes que conseguiram contornar todas as dificuldades. Quanto aos cavalos, estes conheciam cada centímetro do terreno e, na verdade, entendiam do negócio do roçado e de revolver a terra muito mais que Jones e seus homens. Os porcos, na verdade, não trabalharam efetivamente, mas orientaram e supervisionaram os demais. Com seu conhecimento superior, foi natural que assumissem a liderança. Boxer e Clover conseguiram se prender na cunha e no arado (não havia necessidade de bridas e rédeas nesses tempos, evidentemente) e, com passo firme, deram a volta em todo o campo sempre com um porco atrás caminhando e exclamando "Mais depressa, camarada!" ou "Mais devagar, camarada!", conforme o caso. E todos os bichos, até o mais humilde, trabalharam enrolando e armazenando o feno ceifado. Até os patos e as galinhas trabalharam sem parar o dia inteiro sob o sol, carregando nos bicos minúsculos talos de feno. Ao final de tudo, terminaram a colheita dois dias mais depressa do que Jones e seus homens teriam feito. Mais que tudo, foi a maior colheita que a fazenda já tinha visto em todos os tempos. Não houve nenhum tipo de desperdício; as galinhas e os patos com seus olhos argutos juntaram até o último talinho. E nenhum bicho da fazenda roubou nenhum bocadinho sequer de feno.

Durante todo aquele verão a fazenda funcionou com a precisão de um relógio. Os bichos estavam felizes como jamais imaginaram que seria possível. Cada bocado de comida era um prazer verdadeiro e intenso, agora que aquela comida era realmente deles, produzida por eles e para eles mesmos, e não mais racionada e distribuída por um patrão rabugento. Agora que os inúteis parasitas dos seres humanos tinham ido embora, havia mais para todo mundo comer. Havia também mais lazer, algo em que os animais eram inexperientes. Eles depararam também com muitas dificuldades – por exemplo, mais tarde, naquele ano, quando colheram o milho, precisaram derrubar os pés à maneira antiga e soprar para tirar a palha com o próprio sopro, já que a fazenda não tinha nenhuma máquina debulhadora –, mas os porcos, com sua inteligência, e Boxer, com sua tremenda musculatura, conseguiram resolver o caso. Boxer era o ídolo de todo mundo. Ele já trabalhava duro mesmo na época de Jones, mas agora parecia fazer o trabalho de três cavalos; alguns dias, todo o trabalho da fazenda parecia depender de seus ombros fortes. De manhã até à noite, ele estava puxando e empurrando carga, sempre ali onde o trabalho era mais pesado. Ele havia combinado com os galos de o acordarem meia hora mais cedo que todo mundo, e fazia um pouco de trabalho voluntário sempre que era mais necessário, antes do início da jornada normal. Sua resposta a todo problema, a qualquer revés, era "Vou trabalhar mais duro!", que ele adotara como lema.

Cada um trabalhava de acordo com a própria capacidade. As galinhas e os patos, por exemplo, pouparam cinco sacas de milho durante a colheita só recolhendo grãos extraviados. Ninguém roubou, ninguém reclamou da própria ração, as brigas e bicadas e invejas que eram aspectos normais da vida nos velhos tempos quase desapareceram. Ninguém fazia corpo mole – ou quase ninguém. Mollie, é verdade, não era muito boa em acordar cedo e tinha o costume de sair mais cedo do trabalho com o pretexto de que havia uma pedra em seu casco. E o comportamento da gata era um tanto peculiar. Notou-se logo que, quando havia algum trabalho a ser feito, ninguém nunca encontrava a gata. Ela sumia por horas a fio e, depois, reaparecia na hora das refeições ou ao anoitecer quando acabava o trabalho, como se nada tivesse acontecido. Mas ela sempre dava desculpas excelentes e ronronava tão carinhosamente que era impossível não acreditar em suas boas intenções. O velho Benjamin, o burro, parecia não ter mudado nada desde a rebelião. Ele fazia seu trabalho da mesma maneira lenta e obstinada com que sempre fizera no tempo de Jones, sem jamais fazer corpo mole, mas também nunca se voluntariando para trabalhar mais. Sobre a rebelião e seus resultados, ele não expressava nenhuma opinião. Quando lhe perguntavam se não era mais feliz agora que Jones tinha ido embora, ele dizia apenas "Burros vivem muito tempo. Nenhum de vocês nunca viu um burro morto", e os outros tinham de se contentar com essa resposta enigmática.

Aos domingos, não havia trabalho. O desjejum era uma hora mais tarde e, depois da refeição, havia uma cerimônia que era realizada toda semana sem falta. Primeiro hasteavam a bandeira. Snowball havia encontrado na sala dos arreios um velho tecido verde de toalha da senhora Jones e pintara em branco um casco e um chifre. A bandeira era hasteada no mastro da casa-grande todo domingo de manhã. Era verde, Snowball explicou, para representar os campos verdes da Inglaterra, enquanto o casco e o chifre significavam a futura República dos Bichos, que surgiria quando a raça humana fosse finalmente derrotada. Após o hasteamento da bandeira, todos os bichos iam em tropa até o celeiro grande para uma assembleia geral que era conhecida como Reunião. Ali o trabalho da semana seguinte era planejado e as resoluções eram apresentadas e debatidas. Eram sempre os porcos que apresentavam as resoluções. Os outros bichos sabiam votar, mas jamais pensariam em alguma resolução própria por si mesmos. Snowball e Napoleon eram de longe os mais ativos nos debates. Entretanto, ficou evidente que os dois nunca concordavam: a qualquer sugestão que um fazia, o outro sempre se opunha. Mesmo quando ficou resolvido – algo a que ninguém faria nenhuma objeção – usar o pequeno cercado atrás do pomar como um lar de repouso para bichos que já não podiam mais trabalhar, houve um tempestuoso debate sobre a idade correta de aposentadoria de cada tipo de animal. A reunião sempre terminava com todos cantando *Bichos da Inglaterra*, e a tarde era livre para recreação.

Os porcos tinham reservado a sala dos arreios como quartel--general para eles mesmos. Ali, ao anoitecer, estudavam metalurgia, carpintaria e outras artes necessárias nos livros que trouxeram da casa-grande. Snowball também se ocupou em organizar os bichos no que chamou de Comitês Animais. Ele era incansável nesse trabalho. Formou o Comitê de Produção de Ovos para as galinhas, a Liga dos Rabos Limpos para as vacas, o Comitê de Reeducação dos Camaradas Selvagens (o objetivo deste comitê era domesticar ratos e coelhos), o Movimento Lãs Mais Brancas para as ovelhas, e vários outros, além de instituir aulas de leitura e escrita. Em geral, esses projetos eram um fracasso. A tentativa de domesticar criaturas selvagens, por exemplo, mal começou e já acabou. Elas continuavam a se comportar praticamente da mesma forma e, quando tratadas com generosidade, simplesmente aproveitavam para tirar vantagem. A gata se filiou ao Comitê de Reeducação e foi muito ativa por alguns dias. Ela foi vista um dia sentada em um telhado e conversando com alguns pardais que estavam fora de seu alcance. Contava aos pardais que todos os bichos

36

eram, agora, camaradas e que qualquer um deles poderia pousar na pata dela; mas os pardais mantiveram distância.

As aulas de leitura e escrita, no entanto, foram um grande sucesso. No outono, praticamente todos os bichos da fazenda haviam aprendido alguma coisa nessas aulas.

Quanto aos porcos, já conseguiam ler e escrever perfeitamente. Os cachorros aprenderam a ler muito bem, mas não queriam ler nada além dos Sete Mandamentos. Muriel, a cabra, sabia ler melhor que alguns dos cachorros e, às vezes, lia para os outros à noite partes de jornais que encontrava no lixo. Benjamin sabia ler tão bem quanto os porcos, mas nunca exercitava essa faculdade. Do ponto de vista dele, dizia, não havia nada que valesse a pena ser lido. Clover aprendeu o alfabeto inteiro, mas não conseguia juntar as letras e formar palavras. Boxer não passou da letra D. Ele escrevia A, B, C, D na terra com seu casco grande e depois ficava parado olhando para as letras com as orelhas para trás, às vezes balançando seu topete, tentando com todas as forças se lembrar do que vinha em seguida, mas nunca conseguia. Em diversas ocasiões, na verdade, ele chegou a aprender E, F, G, H, mas, quando aprendia essas letras, percebia que havia esquecido A, B, C, D. Enfim ele resolveu se contentar com as primeiras quatro letras e costumava escrevê-las uma ou duas vezes por dia para mantê-las frescas na memória. Mollie se recusou a aprender as letras além das seis que formavam seu nome. Ela formava essas letras muito caprichosamente com pedaços de gravetos e as decorava com uma ou duas flores, depois ficava caminhando em volta, admirando-as.

Nenhum outro bicho da fazenda conseguiu ir além da letra A. Descobriu-se também que os bichos mais estúpidos, como ovelhas, galinhas e patos, eram incapazes de decorar os Sete Mandamentos. Após muita reflexão, Snowball declarou que os Sete Mandamentos podiam, na prática, ser reduzidos a uma única máxima, a saber: "Quatro pernas, bom; duas pernas, ruim". Isso, disse ele, continha o princípio essencial do Animalismo. Qualquer um que entendesse bem isso estaria a salvo da influência humana. Os pássaros a princípio discordaram, pois aparentemente também tinham duas pernas, mas Snowball provou a eles que não era bem assim.

— A asa do pássaro, camaradas – disse ele –, é um órgão de propulsão e não de manipulação. A asa deveria, portanto, ser considerada uma perna. A marca característica do homem é a mão, o instrumento com o qual ele aplica toda a sua perversidade.

Os pássaros não entenderam as palavras difíceis de Snowball, mas aceitaram a explicação, e todos os bichos mais humildes se puseram a trabalhar para decorar a nova máxima. *Quatro pernas, bom; duas pernas, ruim* foi escrito na parede dos fundos do celeiro, acima dos Sete Mandamentos e em letras maiores. Quando enfim a decoraram, as ovelhas passaram a gostar tanto dessa máxima que sempre que se deitavam no campo começavam a balir "Quatro pernas, bom; duas pernas, ruim!" e continuavam repetindo isso por horas intermináveis sem nunca se cansar.

Napoleon não se interessou pelos comitês de Snowball. Ele dizia que a educação dos jovens era mais importante que qualquer outra coisa que se pudesse fazer por aqueles que já estavam adultos. Acontece que Jessie e Bluebell haviam tido crias logo depois da colheita do feno, dando à luz juntas a nove filhotes robustos. Assim que eles desmamaram, Napoleon tirou-os das mães, dizendo que seria o responsável pela educação deles. Ele levou os filhotes para um depósito de feno a que somente se tinha acesso subindo uma escada de dentro da sala dos arreios e os deixou ali tão isolados que os outros bichos logo se esqueceram de sua existência.

O mistério do sumiço do leite logo seria esclarecido. O leite era misturado à ração dos porcos todos os dias. As primeiras maçãs estavam agora amadurecendo, e a grama do pomar permanecia coberta de frutos que despencavam das macieiras. Os bichos acharam que obviamente essas maçãs seriam dividas igualmente; um dia, no entanto, circulou a ordem de que todas as maçãs caídas deveriam ser recolhidas e levadas à sala dos arreios para uso dos porcos. Diante disso, alguns outros bichos resmungaram, mas não adiantou. Todos os porcos estavam de pleno acordo nesse ponto, até Snowball e Napoleon. Squealer foi enviado para dar as explicações necessárias aos outros.

— Camaradas! – exclamou ele. – Vocês não estão achando, eu espero, que nós, porcos, estamos fazendo isso por egoísmo e privilégio, não é? Muitos de nós, na verdade, não gostamos de leite nem de maçã. Eu mesmo não gosto. Nosso único objetivo ao pegar essas coisas é preservar a nossa saúde. Leite e maçã (está provado pela ciência, camaradas) contêm substâncias absolutamente necessárias ao bem-estar do porco. Nós, porcos, trabalhamos com o cérebro. Toda a administração e a organização desta fazenda depende de nós. Dia e noite, estamos cuidando do seu bem-estar. É pelo bem de vocês que bebemos esse leite e comemos essas maçãs. Vocês sabem o que aconteceria se nós, porcos, falhássemos em nosso dever? Jones voltaria! Sim, Jones voltaria! Sem dúvida, camaradas – exclamou Squealer quase suplicante, pulando de um lado para o outro e mexendo o rabo –, ninguém aqui quer que o Jones volte, ou quer?

Ora, a única coisa de que todos os bichos tinham plena certeza era que não queriam o Jones de volta. Quando viram aquilo sob essa luz, não tiveram mais o que dizer. A importância de manter a boa saúde dos porcos ficou óbvia. De modo que concordaram sem mais argumentos que o leite e as maçãs caídas no chão (e também aquelas que ainda estavam nos pés, quando ficassem maduras) deveriam ser reservados exclusivamente para os porcos.

Capítulo 4

No final do verão, as notícias do que tinha acontecido na Fazenda dos Bichos se espalharam por meio condado. Todo dia Snowball e Napoleon enviavam pombos com instruções para se misturar com os outros bichos das fazendas vizinhas e contar a história da rebelião, ensinando-os a cantar *Bichos da Inglaterra.*

O senhor Jones passou a maior parte desse tempo no salão do Red Lion, em Willingdon, reclamando para quem quisesse ouvir da monstruosa injustiça que havia sofrido ao ser expulso de sua propriedade por um bando de animais vagabundos. Os outros fazendeiros, por princípio, tinham pena, mas de início não lhe deram grande ajuda. No fundo, cada um deles secretamente imaginava se não conseguiria de alguma forma tirar vantagem da desgraça de Jones em benefício próprio. A sorte foi que os donos das duas fazendas vizinhas da Fazenda dos Bichos nunca se deram bem. Uma delas, que se chamava Foxwood, era uma propriedade grande, malcuidada, antiga, tomada por arvoredos, cujos pastos estavam todos exauridos, e as roças, lamentavelmente abandonadas. O dono, o senhor Pilkington, era um cavalheiro pacato que passava a maior parte do tempo pescando ou caçando, conforme a temporada. A outra fazenda, que se chamava Pinchfield, era menor e mais bem-cuidada. O dono era um tal de senhor Frederick, um sujeito rude, sagaz, sempre envolvido em processos judiciais e com fama de duro negociador. Esses dois se desgostavam tanto que era difícil para eles entrar em qualquer acordo, mesmo que em defesa dos próprios interesses.

Não obstante, ambos estavam apavorados com a rebelião na Fazenda dos Bichos e muito aflitos para evitar que seus animais soubessem muito sobre o assunto. A princípio, fingiram rir com desprezo diante da ideia de bichos administrando uma fazenda sozinhos. Isso não vai durar nem duas semanas, disseram. Divulgaram que os bichos da Fazenda Solar (eles faziam questão de continuar chamando de Fazenda Solar; não aceitavam o nome Fazenda dos Bichos) estavam sempre brigando entre si e que rapidamente começariam a morrer de fome. Quando o tempo passou e viram que os bichos evidentemente não estavam morrendo de fome, Frederick e Pilkington mudaram o tom e começaram a falar da terrível crueldade que agora reinava na Fazenda dos Bichos. Foi divulgado que os animais ali praticavam canibalismo, torturavam-se uns aos outros com ferraduras quentes e tinham as fêmeas em comum. Isso era o resultado de se rebelar contra as leis da natureza, disseram Frederick e Pilkington.

No entanto, ninguém acreditou muito nessas histórias. Rumores de uma fazenda maravilhosa, onde os seres humanos haviam sido derrotados e os animais cuidavam das próprias vidas, continuaram a circular de maneira vaga e distorcida, e ao longo daquele ano uma onda de rebelião percorreu todo o interior. Touros que sempre foram tratáveis subitamente se tornaram selvagens, ovelhas derrubaram cercas e devoraram trevos, vacas chutaram o balde, cavalos refugaram diante das cercas e lançaram seus cavaleiros do outro lado. Mais que isso, a música e a letra de *Bichos da Inglaterra* ficaram conhecidas em toda parte. A coisa se espalhou a uma velocidade estonteante. Os seres humanos não conseguiam controlar a raiva quando ouviam aquela canção, embora fingissem achá-la meramente ridícula. Não conseguiam compreender, diziam, como até animais se prestavam a cantar aquele lixo desprezível. Qualquer animal que fosse pego em flagrante cantando aquilo seria castigado. Contudo, a canção era irreprimível. Os melros assobiavam a canção nos cercados, os pombos arrulhavam a canção nos olmos; a canção entrou até no martelar dos ferreiros e no dobrar dos sinos da igreja. E quando os seres humanos a ouviam, secretamente tremiam, interpretando por meio daquela canção uma profecia de sua derrocada futura.

No início de outubro, quando o milho foi colhido e armazenado e uma parte dele foi debulhada, uma revoada de pombos veio pelo ar e pousou no terreiro da Fazenda dos Bichos com a mais selvagem excitação. Jones e todos os homens dele, e mais meia dúzia de outros das fazendas vizinhas, Foxwood e Pinchfield, tinham passado pelo portão e estavam subindo pelo caminho da carroça até a fazenda. Eles vinham todos com porretes, exceto Jones, que marchava na frente com uma espingarda na mão. Obviamente queriam retomar a fazenda.

Isso já era esperado havia muito tempo, e todas as providências já tinham sido tomadas. Snowball, que lera em um velho livro encontrado na casa-grande sobre as campanhas de Júlio César, foi o encarregado da operação de defesa. Ele rapidamente deu suas ordens, e em dois minutos todos os bichos estavam em seus postos.

Quando os seres humanos se aproximaram das instalações da fazenda, Snowball lançou seu primeiro ataque. Todos os pombos, que somavam trinta e cinco, voaram em cima dos homens e defecaram em suas cabeças; enquanto os humanos estavam lidando com isso, os gansos, que ficaram escondidos atrás da cerca, foram correndo bicar raivosamente suas panturrilhas. No entanto, isso era apenas uma manobra, uma escaramuça para criar alguma desordem, e os homens facilmente afastaram os gansos com seus porretes. Snowball então lançou sua segunda linha de ataque. Muriel, Benjamin e todas as ovelhas, com Snowball à frente, avançaram e cabecearam e pisotearam os homens por todos os lados, enquanto Benjamin se virou e os acertou com seus casquinhos. Entretanto, outra vez, os homens, com seus porretes e botas de cravos, foram fortes demais para eles; e, de repente, a um grito agudo de Snowball, que era o sinal combinado de retirada, todos os bichos se viraram e correram pelo portão até o terreiro.

Os homens soltaram um berro de triunfo. Viram, segundo imaginaram, seus inimigos fugindo e correram atrás deles desordenadamente. Era justamente o que Snowball pretendia. Assim que os homens entraram no terreiro, os três cavalos, as três vacas e o restante dos porcos, escondidos de tocaia no curral, subitamente surgiram pela retaguarda dos homens e os cercaram. Snowball então deu o sinal de ataque. Ele mesmo partiu para cima de Jones. Este viu que o porco estava vindo, apontou a espingarda e atirou. As esferas de aço riscaram de sangue as costas de Snowball, e uma ovelha caiu morta. Sem hesitar um instante, Snowball atirou seus quase cem quilos contra as pernas de Jones. O homem caiu de costas em um monte de esterco e a espingarda escapou de suas mãos. Mas o espetáculo mais terrível de todos foi Boxer, empinando nas patas traseiras e coiceando com seus grandes cascos com ferradura como um garanhão. O primeiro coice acertou a cabeça de um moço cavalariço da fazenda Foxwood e o deixou desacordado estendido na lama. Diante disso, diversos homens largaram seus porretes e tentaram fugir. O pânico tomou conta deles, e no momento seguinte todos os bichos começaram a persegui-los pelo terreiro. Os homens foram chifrados, chutados, mordidos e pisoteados. Não houve um só bicho na fazenda que não tivesse se vingado dos homens a sua maneira. Até a gata, de repente, saltou de um telhado nos ombros de um vaqueiro e cravou as garras no pescoço dele, e ele berrou horrivelmente. Aproveitando uma brecha momentânea, os homens se resignaram a fugir do terreiro e correram em direção à estrada principal. E, assim, cinco minutos depois da invasão, os homens bateram vergonhosamente em retirada pelo mesmo caminho por onde tinham vindo, com um bando de gansos grasnando atrás deles e bicando suas panturrilhas por todo o trajeto.

Todos os homens foram embora, com exceção de um. Ainda no terreiro, Boxer empurrava com a ponta do casco o moço cavalariço caído com o rosto enfiado na lama, tentando virá-lo. O moço não se mexia.

— Ele morreu – disse Boxer com tristeza. – Não era minha intenção fazer isso. Esqueci que estava de ferradura. Quem vai acreditar que eu não tenha feito isso de propósito?

— Chega de sentimentalismo, camarada! – exclamou Snowball, com as feridas ainda sangrando. – Guerra é guerra. Ser humano bom é ser humano morto.

— Eu não queria tirar a vida de ninguém, nem vida humana – repetia Boxer, e seus olhos estavam cheios de lágrimas.

— Cadê a Mollie? – alguém perguntou.

Mollie, de fato, havia sumido. Durante um momento, houve um grande alvoroço entre os bichos; temeram que os homens pudessem ter feito algo contra ela ou até mesmo a levado consigo. No final, contudo, ela foi encontrada escondida na própria baia com a cabeça enfiada no feno do cocho. Ela fugiu assim que a espingarda disparou. Quando os outros bichos voltaram ao terreiro depois de procurá-la, descobriram que o moço cavalariço, que na verdade só tinha desmaiado, já tinha se recuperado e fugido.

Os bichos se reuniram na maior excitação, cada um contando suas próprias proezas em combate a plenos pulmões. Uma celebração improvisada da vitória foi feita imediatamente. A bandeira foi hasteada e *Bichos da Inglaterra* foi cantada inúmeras vezes; então a ovelha morta recebeu um funeral solene, e um espinheiro branco foi plantado em sua sepultura. Na cerimônia, Snowball fez um breve discurso, enfatizando a necessidade de todos os bichos estarem preparados para morrer pela Fazenda dos Bichos, se necessário fosse.

Decidiram por unanimidade criar uma condecoração militar, "Herói dos Bichos, Primeira Classe", que foi conferida ali mesmo, naquele momento, a Snowball e a Boxer. Consistia em uma medalha de latão (na verdade, eram ornamentos de cabresto que eles haviam encontrado na sala dos arreios), para ser usada aos domingos e feriados. Havia também a condecoração "Herói dos Bichos, Segunda Classe", que foi conferida postumamente à ovelha morta.

Houve muita discussão sobre como deveriam chamar a batalha. No final, deram o nome de Batalha do Curral, pois era onde a emboscada tinha começado. A espingarda do senhor Jones foi encontrada caída na lama, e sabia-se que havia um estoque de cartuchos na casa-grande. Foi decidido que deixariam a espingarda ao pé do mastro da bandeira, como uma peça de artilharia, e que a disparariam duas vezes por ano – uma no dia 12 de outubro, aniversário da Batalha do Curral, e uma no solstício de verão, em junho, aniversário da rebelião.

Capítulo 5

Conforme o inverno foi se aproximando, Mollie foi se tornando cada vez mais irritadiça. Ela se atrasava para o trabalho todas as manhãs e se desculpava dizendo que havia dormido demais e reclamava de dores misteriosas, embora seu apetite fosse excelente. Sob qualquer pretexto, fugia do trabalho e ia até o tanque, onde ficava parada feito uma tonta, contemplando seu próprio reflexo na água. Mas havia também rumores de algo mais sério. Um dia, Mollie chegou alegremente ao terreiro, balançando o longo rabo e mascando um talo de feno. Clover chamou-a de lado.

— Mollie – disse ela –, tenho uma coisa muito séria para lhe dizer. Hoje cedo, vi você olhando pela cerca que separa a Fazenda dos Bichos da fazenda Foxwood. Um dos empregados do senhor Pilkington estava parado do outro lado da cerca. E... Eu estava longe, mas tenho quase certeza de ter visto isto: ele estava falando com você e você estava deixando ele fazer carinho em seu focinho. O que significa isso, Mollie?

— Ele não estava! Eu não estava! Não é verdade! – exclamou Mollie, começando a andar para lá e para cá e a bater os cascos no chão.

— Mollie! Olhe nos meus olhos. Você me dá a sua palavra de honra de que aquele homem não estava fazendo carinho no seu focinho?

— Não é verdade! – repetiu Mollie, mas ela não conseguia olhar nos olhos de Clover, e no momento seguinte virou-se e galopou para o meio do campo.

Clover teve uma ideia súbita. Sem dizer nada a ninguém, foi até a baia de Mollie e revirou a palha com o casco. Escondidos sob a palha havia um montinho de torrões de açúcar e vários laços de fita de diversas cores.

Três dias depois, Mollie desapareceu. Por algumas semanas, ninguém soube de seu paradeiro, até que os pombos relataram que a haviam visto do outro lado de Willingdon. Ela estava entre os paus de uma charrete elegante pintada de vermelho e preto, parada em frente a um bar. Um homem gordo e rubicundo de calça xadrez e polainas, que parecia um taverneiro, estava fazendo carinho no focinho dela e a alimentando com açúcar. O pelo dela parecia estar recém-aparado, e ela estava usando uma fita escarlate na crina. Parecia estar satisfeita, segundo disseram os pombos. Nenhum bicho jamais mencionou Mollie outra vez.

Em janeiro, o tempo ficou realmente ruim. A terra parecia de ferro, e não se podia fazer nada nos campos. Muitas reuniões foram feitas no celeiro grande, e os porcos se ocuparam do planejamento do trabalho da estação seguinte. Passou-se a aceitar que os porcos, que evidentemente eram mais inteligentes que os outros bichos, deveriam decidir todas as questões políticas da fazenda, embora suas decisões precisassem ser ratificadas pela maioria dos votos. Esse acordo teria funcionado muito bem, não fossem as disputas entre Snowball e Napoleon. Esses dois discordavam em todos os pontos em que fosse possível discordar. Se um sugeria semear um terreno maior com cevada, o outro certamente exigia um terreno maior com aveia; se um dizia que tal ou tal terreno era perfeito para plantar repolho, o outro dizia que aquele terreno não prestava para nada além de tubérculos. Cada um tinha sua turma de seguidores, e os debates eram violentos. Nas reuniões, Snowball costumava conquistar a maioria com seus brilhantes discursos, mas Napoleon era melhor em angariar apoio nos intervalos. Ele era especialmente bem-sucedido entre as ovelhas. Ultimamente, as ovelhas vinham balindo "Quatro pernas, bom; duas pernas, ruim" a qualquer momento, e costumavam interromper as reuniões com isso. Reparou-se que costumavam atacar seu "Quatro pernas, bom; duas pernas, ruim" especialmente em momentos cruciais dos discursos de Snowball. Este havia feito um estudo aprofundado de alguns números antigos da revista *Farmer and Stockbreeder* que encontrara na casa-grande e estava cheio de planos para inovações e melhorias. Ele falava com conhecimento sobre campos de drenagem, silagem e produção de esterco e havia desenvolvido um complicado esquema para que todos os bichos deixassem seu esterco diretamente nos campos, em locais diferentes a cada dia, para evitar o trabalho com o transporte. Napoleon, por sua vez, não criava nenhum esquema próprio, mas dizia calmamente que os planos de Snowball não dariam em nada e parecia só estar esperando uma oportunidade de agir. Mas, de todas as controvérsias entre eles, nenhuma foi tão amarga quanto a que envolveu o moinho de vento.

No pasto maior, não longe das instalações da fazenda, havia um pequeno promontório que era o ponto mais alto da propriedade. Após inspecionar o terreno, Snowball declarou que ali era o lugar perfeito para um moinho de vento, que poderia acionar um dínamo e fornecer energia elétrica para a fazenda. Essa luz iluminaria as baias e as aqueceria no inverno, e também faria funcionar uma serra circular, uma ensiladeira, uma forrageira e uma máquina de ordenha elétrica. Os bichos nunca tinham ouvido falar em nada parecido antes (pois a fazenda era antiga e só dispunha das máquinas mais primitivas), e ficaram ouvindo espantados Snowball conjurar imagens de máquinas fantásticas que fariam o trabalho por eles, enquanto ficariam pastando sossegadamente nos campos ou aprimorando suas mentes com leituras e conversas.

Em poucas semanas, os projetos de Snowball para o moinho foram postos em ação. Os detalhes mecânicos vieram basicamente de três livros que haviam pertencido ao senhor Jones – *Mil coisas úteis para fazer em casa, Pedreiro sem mestre* e *Eletricidade para iniciantes.* Snowball fizera seu escritório em um barracão, onde antes ficavam as incubadoras, que tinha um piso liso de madeira, bom para desenhar. Ele ficava ali dentro horas a fio. Com os livros mantidos abertos com uma pedra em cima e com um pedaço de giz preso entre os dedos da pata dianteira, ele se movia rapidamente de um lado para o outro, traçando linha após linha e soltando suspiros de excitação. Gradualmente, os projetos foram se transformando em uma massa complicada de manivelas e molas, cobrindo mais da metade do piso do barracão, que os outros bichos acharam completamente incompreensível, mas muito impressionante. Todos vinham ver os desenhos de Snowball pelo menos uma vez por dia. Até as galinhas e os patos vinham e tinham de tomar cuidado para não pisar nos riscos de giz. Só Napoleon se mantinha indiferente. Ele se declarou contra o moinho desde o início. Um dia, contudo, chegou inesperadamente para examinar os projetos. Ele caminhou pesadamente pelo barracão, olhou de perto cada detalhe dos projetos e farejou uma ou duas vezes, então ficou parado um pouco contemplando-os com o canto dos olhos; de repente, levantou a pata, urinou em cima dos projetos e foi embora sem dizer nada.

A fazenda inteira ficou profundamente dividida sobre a questão do moinho. Snowball não negava que a construção seria difícil. As pedras precisavam ser extraídas e empilhadas para formarem paredes, depois as velas precisariam ser feitas e, então, eles precisariam de dínamos e fios. (Como fariam para conseguir isso, Snowball não disse.) Ele defendia, no entanto, que era possível construir tudo em um ano. E, em seguida, declarou, seria poupado tanto esforço que os bichos só precisariam trabalhar três dias por semana. Napoleon, por outro lado, defendia que a grande necessidade do momento era aumentar a produção de alimentos e que, se perdessem tempo com o moinho, acabariam todos morrendo de fome. Os bichos se dividiram em duas facções sob os lemas "Votem em Snowball pela semana de três dias" e "Votem em Napoleon pelo cocho sempre cheio". Benjamin foi o único bicho que não tomou nenhum dos dois partidos. Ele se recusou a acreditar que haveria fartura de comida e que o moinho fosse poupar seu trabalho. Com moinho ou sem moinho, dizia ele, a vida ia continuar como sempre foi – isto é, sempre de mal a pior.

Além das disputas em torno do moinho, havia a questão da defesa da fazenda. Todos haviam se dado conta de que, apesar de terem derrotado os humanos na Batalha do Curral, os homens podiam fazer outra tentativa, mais determinada, de retomar a fazenda e restituir o senhor Jones a seu posto. Os humanos tinham ainda mais motivos para tentar de novo, porque a notícia de sua derrota havia se espalhado por todo o interior e deixado os bichos das fazendas vizinhas mais inquietos que nunca. Como sempre, Snowball e Napoleon discordaram. Segundo Napoleon, o que os bichos precisavam fazer era conseguir armas de fogo e se exercitar no uso dessas armas. Segundo Snowball, eles deviam enviar cada vez mais pombos e provocar a rebelião entre os bichos das outras fazendas. Um defendia que, se não pudessem se defender, estariam condenados a ser conquistados; o outro defendia que, se acontecessem rebeliões em toda parte, não precisariam se defender. Os bichos primeiro ouviram Napoleon e depois Snowball, mas não conseguiram decidir qual estava certo; na verdade, sempre concordavam com aquele que estava falando no momento.

Enfim chegou o dia em que os projetos de Snowball ficaram prontos. Na reunião do domingo seguinte, a questão sobre começar ou não a construção do moinho foi posta em votação. Quando os bichos se reuniram no celeiro grande, Snowball se levantou e, embora eventualmente interrompido pelos balidos das ovelhas, expôs seus motivos para defender a construção do moinho. Depois, Napoleon se levantou para responder. Ele disse muito calmamente que o moinho era um absurdo e que não aconselhava ninguém a votar no moinho, e logo tornou a se sentar; ele falou no máximo por trinta segundos e parecia quase indiferente ao efeito produzido. Assim, Snowball tornou a se levantar e, gritando para as ovelhas, que haviam recomeçado a balir, deu início a um apelo apaixonado em favor do moinho. Até então, os bichos estavam igualmente divididos em suas simpatias, mas naquele instante a eloquência de Snowball os arrebatou. Em frases reluzentes, ele pintou

48

um quadro da Fazenda dos Bichos como seria depois que o sórdido trabalho fosse tirado das costas dos bichos. A imaginação dele foi muito além de ensiladeiras e forrageiras. A eletricidade, disse, podia fazer funcionar máquinas debulhadoras, arados, colheitadeiras, ceifadeiras e enfardadeiras, além de fornecer a cada baia sua própria luz elétrica, água quente e fria e aquecimento elétrico. Quando ele terminou de falar, não havia dúvida de como os bichos iriam votar. Entretanto, nesse exato momento, Napoleon se levantou e, lançando um olhar peculiar de relance para Snowball, emitiu um ganido agudo como ninguém tinha ouvido antes.

Com isso, foram ouvidos latidos terríveis lá fora, e nove cachorros enormes, usando coleiras com tachas de latão, entraram no celeiro. Eles correram para cima de Snowball, que simplesmente saltou de onde estava a tempo de escapar de suas mordidas. No momento seguinte, ele saiu pela porta e os cães seguiram atrás dele. Perplexos e assustados demais para falar, todos os bichos se amontoaram na porta do celeiro para assistir à perseguição. Snowball corria pelo pasto que terminava na estrada. Ele corria tanto quanto um porco era capaz de correr, mas os cachorros quase o alcançavam. Em seguida, ele disparava novamente na frente, correndo mais que nunca, depois os cães ganhavam vantagem outra vez. Um deles quase mordeu o rabo de Snowball, mas ele escapou bem a tempo. Então, acelerou mais um pouco e, de repente, passou por um buraco na cerca e nunca mais foi visto.

Calados e aterrorizados, os bichos voltaram para o celeiro. No momento seguinte, os cachorros também voltaram. A princípio, ninguém conseguiu imaginar de onde aquelas criaturas tinham saído, mas o problema foi logo resolvido: eles eram os filhotes que Napoleon tinha tirado das mães e criado separados. Embora ainda não estivessem adultos, eram cães imensos e aparentemente ferozes como lobos. Eles ficaram ao lado de Napoleon. Viu-se que agitavam o rabo para ele como os outros cachorros costumavam fazer para o senhor Jones.

Napoleon, com os cães a segui-lo, então subiu no trecho elevado do piso onde Major havia ficado para fazer seu discurso. Ele anunciou que dali em diante as reuniões das manhãs de domingo estariam encerradas. Eram desnecessárias, disse, e uma perda de tempo. No futuro, todas as questões relativas ao trabalho da fazenda seriam resolvidas por um comitê especial de porcos, presidido por ele mesmo. Esses comitês se reuniriam privadamente e, depois, comunicariam suas decisões aos outros. Os bichos continuariam se reunindo nas manhãs de domingo para saudar a bandeira, cantar *Bichos da Inglaterra* e receber as ordens da semana, mas não haveria mais debates.

Ainda chocados com a expulsão de Snowball, os bichos ficaram desolados com aquele anúncio. Diversos deles teriam protestado se conseguissem encontrar os argumentos certos. Até Boxer ficou vagamente perturbado. Pôs as orelhas para trás, balançou a crina várias vezes e tentou ao máximo dominar seus pensamentos; no final, porém, não conseguiu pensar em nada para dizer. Alguns dos próprios porcos, contudo, eram mais articulados. Quatro jovens leitões da primeira fila deram ganidos agudos em desaprovação, e os quatro se levantaram e começaram a falar ao mesmo tempo. De repente, os cães sentados em volta de Napoleon rosnaram de forma ameaçadora e grave, e os porcos se calaram e tornaram a se sentar. Então as ovelhas começaram a balir de forma ensurdecedora "Quatro pernas, bom; duas pernas, ruim!", o que durou quase quinze minutos e pôs um fim a qualquer possibilidade de discussão.

Depois disso, Squealer foi enviado à fazenda para explicar a nova decisão aos outros.

— Camaradas – disse ele —, aposto que todo mundo aqui valoriza o sacrifício que o camarada Napoleon fez ao assumir esse trabalho a mais para si. Não pensem, camaradas, que a liderança é um prazer! Pelo contrário, é uma responsabilidade profunda e pesada. Ninguém além do camarada Napoleon acredita mais firmemente que todos os bichos são iguais. Ele ficaria muito feliz em deixar que decidam por si. Mas, às vezes, vocês podem tomar decisões erradas; e aí o que vai acontecer? Imaginem se tivessem decidido seguir Snowball, com seu sonho de moinho? Snowball, que, como vocês sabem, não passa de um criminoso.

— Ele lutou com bravura na Batalha do Curral – disse alguém.

— Bravura não basta – disse Squealer. – Lealdade e obediência são mais importantes. E, quanto à Batalha do Curral, acredito que vai chegar um dia em que descobriremos que a participação de Snowball foi bastante superestimada. Disciplina, camaradas, uma ferrenha disciplina! Essa é a palavra de ordem de hoje. Um passo em falso, e nossos inimigos estarão em cima de nós. Sem dúvida, camaradas, vocês não querem Jones de volta, não é?

Mais uma vez esse argumento foi imbatível. Certamente, os bichos não queriam Jones de volta; se os debates das manhãs de domingo eram capazes de trazê-lo de volta, então, esses debates precisavam acabar. Boxer, que já tivera tempo de refletir sobre as coisas, expressou o sentimento geral dizendo: "Se o camarada Napoleon está dizendo, deve ser verdade!". E, a partir desse momento, ele adotou esta máxima – "Napoleon tem sempre razão" –, além de seu lema privado, que continuou sendo "Vou trabalhar mais duro!".

A essa altura, o tempo já havia melhorado, e a lavoura da primavera começou. O barracão onde Snowball havia desenhado seus projetos do moinho foi fechado e, supostamente, os projetos foram apagados do piso. Todo domingo, às dez horas da manhã, os bichos se reuniam no celeiro grande para receber as ordens da semana. O crânio do velho Major, agora limpo de toda carne, fora desenterrado do pomar e posto sobre um cepo ao pé do mastro da bandeira, ao lado da espingarda. Após o hasteamento da bandeira, os bichos foram enfileirados e tiveram de passar, um por um, diante do crânio de maneira reverente, antes de entrar no celeiro. Agora não se sentavam mais todos juntos, como faziam no passado. Napoleon, junto a Squealer e outro porco chamado Minimus, que tinha um notável talento para compor canções e poemas, sentou-se à frente da plataforma elevada, com os nove cães formando um semicírculo em volta deles, e os outros porcos ficaram sentados atrás. O restante dos bichos se sentou de frente para eles na área principal do celeiro. Napoleon leu as ordens da semana num áspero estilo soldadesco e, depois de cantarem uma única vez *Bichos da Inglaterra*, todos os bichos se dispersaram.

No terceiro domingo após a expulsão de Snowball, os bichos ficaram um tanto surpresos ao ouvir Napoleon anunciar que o moinho seria afinal construído. Ele não apresentou nenhum motivo para ter mudado de ideia, apenas alertou os animais de que essa tarefa adicional significaria trabalhar muito duro; talvez fosse até necessário reduzir as rações. Os projetos, no entanto, estavam prontos, até o último detalhe. Um comitê especial de porcos ficara trabalhando neles nas últimas três semanas. A construção do moinho, com várias outras melhorias, levaria dois anos.

Naquela noite, Squealer explicou em particular para os outros bichos que Napoleon, na verdade, nunca havia sido contra o moinho. Pelo contrário, foi ele quem defendeu o moinho primeiro, e o projeto que Snowball tinha desenhado no piso da incubadora, de fato, tinha sido roubado dos papéis de Napoleon. O moinho, na realidade, era invenção de Napoleon. Ora, perguntou alguém, então por que ele falou contra de modo tão veemente? Nesse momento, a expressão de

Squealer tornou-se muito suspeita. Isso, disse ele, foi pura astúcia do camarada Napoleon. Ele fez parecer que se opunha ao moinho simplesmente como uma manobra para se livrar de Snowball, que era um sujeito perigoso e uma má influência. Agora que Snowball estava fora do caminho, o projeto poderia seguir em frente sem sua interferência. Isso, disse Squealer, era o que se chamava tática. Ele repetiu isso uma série de vezes, "Tática, camaradas, tática!", andando para lá e para cá e agitando o rabo com uma risada contente. Os bichos não tinham certeza do significado da palavra, mas Squealer a dizia de modo tão persuasivo, e os três cachorros que estavam com ele rosnaram de modo tão ameaçador, que eles aceitaram a explicação sem mais perguntas.

Capítulo 6

Os bichos trabalharam feito escravos aquele ano inteiro. Contudo, estavam contentes em seu trabalho; não pouparam esforços ou sacrifícios, pois sabiam que tudo o que estavam fazendo era em benefício deles mesmos e daqueles que viriam depois, e não de um bando de humanos preguiçosos e ladrões.

Durante a primavera e o verão, trabalharam sessenta horas por semana, e, em agosto, Napoleon anunciou que haveria trabalho também nas tardes de domingo. Esse trabalho seria estritamente voluntário, mas o animal que se ausentasse disso teria a ração reduzida pela metade. Mesmo assim, foi necessário deixar algumas tarefas por fazer. A colheita foi um pouco menos bem-sucedida que a do ano anterior, e dois campos que deviam ter sido semeados com tubérculos no começo do verão não foram semeados porque o arado não foi terminado a tempo. Era possível prever que o próximo inverno seria duro.

O moinho apresentou dificuldades inesperadas. Havia uma boa pedreira de calcário na fazenda, e encontraram bastante areia e cimento em um dos barracões, de modo que todo o material para a construção estava disponível. Mas o problema que os bichos não conseguiram a princípio resolver era como quebrar a pedra em pedaços do tamanho adequado. Parecia não haver como fazer isso exceto com picaretas e pés de cabra, que nenhum animal conseguiria usar, pois nenhum deles conseguia ficar em pé nas patas traseiras. Apenas depois de semanas de esforços vãos, a ideia certa ocorreu a alguém: usar a força da gravidade. Havia pedras imensas, grandes demais para serem usadas como estavam, espalhadas no fundo da pedreira. Os bichos passaram cordas nessas rochas e então, todos juntos, vacas, cavalos, ovelhas, qualquer um que pudesse puxar uma corda – até os porcos ajudaram nos momentos críticos – arrastaram as rochas com lentidão desesperadora até o topo da pedreira, de onde as derrubaram para serem estilhaçadas lá embaixo. O transporte da pedra depois de partida foi relativamente simples. Os cavalos puxaram carroças cheias, as ovelhas arrastaram blocos avulsos, até Muriel e Benjamin se amarraram em uma velha charrete e fizeram sua parte. Ao final do verão, havia pedra suficiente acumulada em estoque, e então começaram a construir, sob a coordenação dos porcos.

No entanto, foi um processo lento e demorado. Frequentemente, levava um dia inteiro de esforço exaustivo para arrastar uma única rocha até o topo da pedreira, e às vezes, quando a empurravam do alto, ela não quebrava. Nada teria acontecido sem Boxer, cuja força parecia equivaler à de todos os outros bichos somada. Quando a rocha começava a escorregar e os bichos gritavam desesperados ao se verem arrastados para baixo, sempre era Boxer que segurava a corda e fazia a rocha parar. Ver Boxer fazer força na subida, centímetro a centímetro, sua respiração acelerar, as pontas de seus cascos baterem no chão e seus flancos amplos cobertos de suor enchia todos os bichos de admiração. Clover alertou-o algumas vezes para que tomasse cuidado e não se esgotasse demais, mas Boxer nunca dava ouvidos a ela. Seus dois lemas, "Vou trabalhar mais duro" e "Napoleon tem sempre razão", pareciam-lhe suficientes para resolver todos os problemas. Ele havia combinado com o galo de chamá-lo quarenta e cinco minutos mais cedo pela manhã em vez de meia hora. E, em seus momentos livres, que já não eram muitos àquela época, ele ia sozinho até a pedreira para recolher uma carga de pedra quebrada e arrastar sozinho até o local do moinho.

Os bichos não ficaram livres até o final do verão, apesar da dureza do trabalho. Se não tinham mais comida que na época de Jones, pelo menos não tinham menos. A vantagem de só precisarem alimentar a si mesmos, e não ter de sustentar também cinco humanos extravagantes, era tão grande que seria preciso muito mais fracassos para contrabalançar. E, de muitas maneiras, os métodos dos bichos de fazer aquilo eram mais eficientes e poupavam trabalho. Tarefas como carpir o mato, por exemplo, eram feitas com uma minúcia impossível aos seres humanos. E mais, como nenhum animal roubava agora, era desnecessário cercar o pasto para separá-lo do roçado, o que poupava um bocado de trabalho de manutenção de cercas e porteiras. Não obstante, conforme o verão foi passando, uma escassez nunca vista de diversas coisas começou a ser sentida. Faltavam parafina, pregos, barbantes, biscoitos caninos e ferraduras para os cavalos, coisas que não podiam ser produzidas na fazenda. Mais tarde, faltariam também sementes e adubos artificiais, diversas ferramentas e, finalmente, a máquina do moinho. Ninguém conseguia imaginar como isso tudo seria obtido.

Um domingo de manhã, quando os bichos estavam reunidos para receber suas ordens, Napoleon anunciou que havia decidido adotar uma nova política. De agora em diante, a Fazenda dos Bichos faria comércio com as fazendas vizinhas: não, é claro, visando ao lucro, mas simplesmente a obtenção de certos materiais que eram urgentemente necessários. As necessidades do moinho deviam superar todo o resto, disse ele. Havia feito, portanto, um acordo de vender um fardo de feno e parte da safra de trigo daquele ano e, mais tarde, se fosse preciso mais dinheiro, esse dinheiro teria de vir da venda de ovos, pois havia a feira permanente em Willingdon. As galinhas, disse Napoleon, deveriam agradecer a oportunidade desse sacrifício, como contribuição especial para a construção do moinho de vento.

Mais uma vez os bichos se deram conta de uma vaga inquietação. Jamais se relacionar com seres humanos, jamais fazer comércio, jamais usar dinheiro – não tinham sido essas algumas das primeiras resoluções passadas naquela primeira reunião triunfante após a expulsão de Jones? Todos os bichos se lembravam de terem votado nessas resoluções, ou, pelo menos, achavam que se lembravam disso. Os quatro porcos que haviam protestado quando Napoleon aboliu as reuniões ergueram timidamente as vozes, mas foram logo silenciados pelos assombrosos rosnados dos cães. Então, como sempre, as ovelhas começaram a balir seu "Quatro pernas, bom; duas pernas, ruim!" e o mal-estar momentâneo foi atenuado. Enfim, Napoleon ergueu a pata pedindo silêncio e anunciou que já tinha feito todos os arranjos necessários. Não haveria necessidade de nenhum animal entrar em contato com os seres humanos, o que claramente seria o mais indesejável. Ele pretendia assumir todo esse fardo em suas próprias costas. Um certo senhor Whymper, um advogado que morava em Willingdon, havia concordado em agir como intermediário entre a Fazenda dos Bichos e o mundo exterior, e ele visitaria a fazenda toda segunda-feira de manhã para receber as instruções de Napoleon. Ele encerrou seu discurso com o grito de sempre "Vida longa à Fazenda dos Bichos!", e, depois de cantarem *Bichos da Inglaterra*, os bichos foram dispensados.

Em seguida, Squealer fez a ronda na fazenda e conciliou os ânimos dos bichos. Ele garantiu a todos que a resolução contra o comércio e o dinheiro nunca foi votada nem sequer sugerida. Aquilo era pura imaginação, provavelmente associada, no início, a mentiras difundidas por Snowball. Alguns bichos ainda ficaram um pouco desconfiados, mas Squealer perguntou a eles muito seriamente:

— Vocês têm certeza de que não foi alguma coisa que sonharam, camaradas? Vocês têm algum registro dessa resolução? Ela está escrita em algum lugar?

E, como certamente era verdade que nada daquilo existia por escrito, os bichos se convenceram de que deviam ter se enganado.

Toda segunda-feira o senhor Whymper visitaria a fazenda, como fora combinado. Era um homenzinho de expressão sagaz com suíças; um advogado muito modesto, mas esperto o bastante para perceber antes de todo mundo que a Fazenda dos Bichos precisaria de um representante e que suas comissões valeriam a pena. Os bichos observavam suas idas e vindas com uma espécie de pavor e o evitavam o máximo possível. Não obstante, a imagem de Napoleon, de quatro, dando ordens a Whymper, que ficava em duas pernas, reavivou os brios dos animais e, em parte, os reconciliou com o novo arranjo de coisas. A relação deles com a raça humana era agora praticamente a mesma de antes. Os homens não odiavam menos a Fazenda dos Bichos agora que estava prosperando; na verdade, eles a odiavam agora mais do que antes. Todos os homens acreditavam totalmente que a fazenda iria à falência cedo ou tarde e, acima de tudo, que o moinho seria um fiasco. Eles se encontravam nos bares e provavam uns aos outros, com o auxílio de diagramas, que o moinho estava fadado a cair ou que, caso ficasse em pé, jamais iria funcionar. E, no entanto, contrariando a própria vontade, os homens desenvolveram certo respeito pela eficiência com que os animais estavam administrando seus negócios. Um sintoma disso foi o fato de que os homens começaram a chamar a Fazenda dos Bichos por seu novo nome e deixaram de fingir que ainda se chamava Fazenda Solar. Também pararam de torcer a favor de Jones, que havia desistido de ter esperança de recuperar sua propriedade e se mudado para outra parte do condado. Exceto pela conexão feita por Whymper, não havia nenhuma outra entre a Fazenda dos Bichos e o mundo exterior, mas existiam rumores constantes de que Napoleon estava prestes a fechar negócio definitivamente com o senhor Pilkington de Foxwood ou com o senhor Frederick de Pinchfield – mas jamais, isso eles sabiam, com ambos ao mesmo tempo.

Foi por volta dessa época que os porcos, de repente, se mudaram para a casa-grande e passaram a morar lá. Mais uma vez, os bichos aparentemente se lembraram de uma resolução contra isso votada nos primeiros dias, e outra vez Squealer conseguiu convencê-los de que não era verdade. Era absolutamente necessário, disse ele, que os porcos, que eram os cérebros da fazenda, tivessem um local sossegado para trabalhar. Era ainda mais apropriado à dignidade do líder (pois, ultimamente, ele passara a se referir a Napoleon com o título de líder) morar em uma casa e não em um mero chiqueiro. Entretanto, alguns bichos ficaram perturbados ao saber que os porcos não só faziam as refeições na cozinha e usavam a sala de jogos para recreação como também dormiam nas camas. Boxer descartou isso com seu lema costumeiro – "Napoleon tem sempre razão!" –, mas Clover, que pensava se lembrar de uma regra definida contra camas, foi até a parede do celeiro e tentou decifrar os Sete Mandamentos que estavam escritos ali. Incapaz de ler mais que as letras individualmente, ela pediu a Muriel.

— Muriel – disse ela –, leia para mim o Quarto Mandamento. Veja se diz alguma coisa sobre jamais dormir em cama.

Com alguma dificuldade, Muriel conseguiu ler.

— Diz: "Nenhum animal dormirá em cama *com lençol*" – Muriel anunciou por fim.

Curiosamente, Clover não se lembrava de que o Quarto Mandamento mencionasse lençol; mas, como estava ali escrito na parede, devia ser assim mesmo. E Squealer, que por acaso estava passando nesse momento, acompanhado de dois ou três cachorros, deu um jeito de colocar a coisa sob uma perspectiva mais adequada.

— Pelo visto, camaradas, vocês ficaram sabendo – disse ele – que agora os porcos dormem nas camas da casa-grande, certo? E por que não? Vocês, por acaso, não achavam que existia uma regra contra camas, não é? Cama significa meramente o lugar onde se dorme. Um monte de palha em uma baia é uma cama, se pensarmos bem. A regra era contra o lençol, que é uma invenção humana. Nós tiramos os lençóis das camas da casa-grande e dormimos entre cobertores. E são camas muito confortáveis além do mais! Mas não mais confortáveis que o necessário para nós, isso eu lhes garanto, camaradas, com todo o trabalho mental que devemos fazer hoje em dia. Vocês não vão querer nos privar do nosso repouso, vão, camaradas? Vocês não vão querer que estejamos cansados demais para cumprir com o nosso dever, não é? Certamente nenhum de vocês quer Jones de volta, quer?

Os bichos garantiram imediatamente concordar nesse ponto, e nada mais foi dito sobre os porcos dormirem nas camas da casa-grande. E quando, alguns dias depois, foi anunciado que, de agora em diante, os porcos acordariam uma hora mais tarde que os outros animais pela manhã, também não houve nenhuma reclamação.

No outono, os bichos estavam cansados, porém felizes. Haviam tido um ano duro, e, depois de venderem parte do feno e do milho, os estoques de comida para o inverno não estavam muito cheios, mas o moinho compensaria tudo. A construção já estava na metade agora. Depois da colheita, houve um período de tempo seco, e os bichos trabalharam mais duro que nunca, julgando valer a pena ficar o dia inteiro arrastando blocos de pedra se com isso conseguissem erguer mais trinta centímetros de parede. Boxer iria trabalhar até mesmo à noite por uma ou duas horas sozinho à luz da lua cheia. Nos momentos livres, os bichos caminhavam dando voltas em torno do moinho inacabado, admirando a força e a perpendicularidade das paredes, maravilhados de terem conseguido construir algo tão imponente. Apenas o velho Benjamin se recusava a ficar entusiasmado com o moinho, embora, como sempre, não fizesse nada além de seu comentário enigmático de costume de que os burros vivem muito tempo.

Chegou novembro, com os fustigantes ventos do sudoeste. A construção precisou ser interrompida, pois estava úmido demais agora para misturar o cimento. Enfim, uma noite, a ventania foi tão violenta que as instalações da fazenda balançaram nas fundações e diversas telhas foram arrancadas do celeiro. As galinhas acordaram cacarejando aterrorizadas porque todas sonharam ao mesmo tempo com um tiro de espingarda disparado ao longe. Pela manhã, os bichos saíram de suas baias e viram que o mastro da bandeira havia sido derrubado e que um olmo perto do pomar havia sido arrancado do chão feito um rabanete. Tinham acabado de reparar nisso quando um grito de desespero saiu da garganta de todos os bichos. Uma visão terrível se revelou aos olhos deles. O moinho estava arruinado.

A um chamado, todos correram até o local. Napoleon, que quase nunca saía para caminhar, correu na frente de todos. Sim, lá estava, o fruto de todas as lutas, destruído em suas fundações, as pedras que quebraram e transportaram com tanta dificuldade estavam todas espalhadas. Incapazes de falar, a princípio, ficaram olhando fixamente, tristonhos, para aquela ruína de pedras caídas. Napoleon ficou andando para lá e para cá em silêncio, o que nele era um sinal de intensa atividade mental. De repente, ele parou como se tivesse se decidido.

— Camaradas – disse ele em voz baixa –, vocês sabem quem é o responsável por isso? Vocês sabem quem é o inimigo que veio à noite e derrubou o nosso moinho? SNOWBALL! – Ele subitamente rugiu com voz de trovão. – Foi Snowball quem fez isso! Por pura maldade, tentando atrasar os nossos planos e se vingar da expulsão vergonhosa, esse traidor se esgueirou até aqui, oculto pelo manto da noite, e destruiu o nosso trabalho de quase um ano inteiro. Camaradas, aqui e agora pronuncio uma sentença de morte contra Snowball. Medalha de "Herói dos Bichos, Segunda Classe" e vinte quilos de maçã para qualquer um que o trouxer à justiça. Quarenta quilos para quem o capturar vivo! Os bichos ficaram muito chocados ao imaginar que Snowball poderia ser culpado de tal ação. Houve um grito de indignação, e todo mundo começou a pensar em maneiras de capturar Snowball, caso ele um dia voltasse. Quase imediatamente, as pegadas de um porco foram encontradas na grama perto do promontório. O rastro terminava depois de poucos metros, mas parecia levar a um buraco na cerca. Napoleon farejou profundamente essas pegadas e declarou serem de Snowball. Ele disse que Snowball provavelmente tinha vindo da direção da fazenda Foxwood.

— Chega de distrações, camaradas! – exclamou Napoleon, depois que as pegadas tinham sido examinadas. – Há um trabalho a ser feito. Esta manhã mesmo começaremos a reconstruir o moinho e vamos trabalhar o inverno inteiro, chova ou faça sol. Vamos ensinar a esse maldito traidor que não pode desfazer o nosso trabalho tão facilmente. Lembrem-se, camaradas, de que não deve haver nenhuma alteração nos nossos planos: eles devem ser cumpridos na data. Avante, camaradas! Vida longa ao moinho! Vida longa à Fazenda dos Bichos!

Capítulo 7

Foi um inverno rigoroso. O tempo tempestuoso foi seguido de granizo e neve e, depois, de uma forte geada que não parou mais e avançou até fevereiro. Os bichos continuaram trabalhando o melhor que podiam na reconstrução do moinho, sabendo que o mundo exterior os estava observando e que os humanos invejosos ficariam felizes e triunfantes se o moinho não ficasse pronto a tempo.

Por puro despeito, os homens fingiram não acreditar que Snowball tivesse destruído o moinho: disseram que tinha caído porque as paredes eram muito finas. Os bichos sabiam que não era verdade. Mesmo assim, foi decidido que desta vez construiriam paredes mais grossas, com quase um metro de espessura, em vez de paredes de quarenta e cinco centímetros como antes, o que significou coletar quantidades muito maiores de pedra. Por muito tempo, a pedreira ficou coberta de neve e nada pôde ser feito. Algum progresso foi obtido durante o tempo gelado e seco que se seguiu, mas foi um trabalho cruel, e os bichos não conseguiam se sentir tão esperançosos quanto se sentiam antes. Estavam sempre com frio e, geralmente, com fome também. Apenas Boxer e Clover em nenhum momento perderam a coragem. Squealer fez discursos excelentes sobre a alegria de servir e a dignidade do trabalho, mas os outros bichos encontravam mais inspiração na força de Boxer e em seu brado infalível de "Vou trabalhar mais duro!".

Em janeiro, a comida ficou escassa. A ração de milho foi drasticamente reduzida, e foi anunciado que uma ração extra de batata seria distribuída para compensar. Depois, descobriu-se que a maior parte da safra de batatas havia congelado na terra, pois não tinha sido coberta com uma camada grossa o bastante. As batatas tinham ficado moles e descoloridas e apenas algumas estavam comestíveis. Durante dias a fio, os bichos não tiveram nada para comer além de palha e beterraba. A morte provocada pela fome parecia olhá-los de frente.

Era uma necessidade vital esconder esse fato do mundo exterior. Encorajados pela queda do moinho, os homens inventavam novas mentiras sobre a Fazenda dos Bichos. Mais uma vez, começaram a divulgar que os bichos estavam morrendo de fome e de doença, que estavam sempre brigando entre eles e que tinham recorrido ao canibalismo e ao infanticídio. Napoleon estava ciente dos maus resultados que poderiam se seguir se os fatos reais sobre a situação dos alimentos fossem conhecidos, então ele resolveu se utilizar do senhor Whymper para difundir a impressão contrária. Até então, os bichos haviam tido pouco ou nenhum contato com Whymper em suas visitas semanais; agora, no entanto, alguns bichos escolhidos, a maioria ovelhas, foram instruídos a fazer comentários casuais próximo aos ouvidos dele de que as rações tinham sido aumentadas. Além disso, Napoleon mandou que os tonéis do armazém fossem enchidos de areia quase até a boca, que foi coberta com o que restava de grão e farinha. Com um pretexto conveniente, Whymper foi levado ao barracão e viu de relance os tonéis cheios. Ele foi enganado, e continuou relatando ao mundo exterior que não havia escassez de alimentos na Fazenda dos Bichos.

Não obstante, quase no fim de janeiro, ficou óbvio que seria necessário arranjar mais grãos em algum lugar. Nesses tempos, Napoleon raramente aparecia em público; ele passava todo o tempo na casa-grande, que era vigiada em cada porta por cães de aparência feroz. Quando ele saía, era de modo cerimonioso, com uma escolta de seis cães que o cercavam de perto e rosnavam se alguém se aproximasse. Agora, ele não aparecia mais nem nas manhãs de domingo, mas enviava ordens por intermédio de algum outro porco, geralmente Squealer.

Numa manhã de domingo, Squealer anunciou que as galinhas, que haviam acabado de pôr seus ovos outra vez, deveriam entregá-los. Whymper havia fechado para Napoleon um contrato de venda de quatrocentos ovos por semana. Esses ovos seriam pagos em grãos e farinha suficientes para a fazenda sobreviver até a chegada do verão, quando as condições melhorassem.

Quando as galinhas ouviram isso, começaram uma terrível gritaria. Elas haviam sido avisadas antes de que esse sacrifício talvez fosse necessário, mas não tinham acreditado que acontecesse de verdade. Tinham acabado de começar a aprontar suas coisas para a postura da primavera e protestaram que levar os ovos embora agora seria assassinato. Pela primeira vez desde a expulsão de Jones, houve algo semelhante a uma rebelião. Lideradas por três jovens galinhas minorca pretas, as outras galinhas fizeram um esforço deliberado para frustrar os desejos de Napoleon. O método adotado por elas foi o de voar até o alto das vigas do galinheiro e botar seus ovos dali de cima, que se esmigalhavam no chão. Napoleon agiu com rapidez e de modo impiedoso. Ele deu ordens para interromper a distribuição de ração para as galinhas e decretou que qualquer bicho que desse um grão de milho que fosse para uma galinha receberia pena de morte. Os cães garantiram que essas ordens fossem levadas adiante. Durante cinco dias, as galinhas resistiram, depois capitularam e voltaram para suas caixas. Nove galinhas morreram nesse meio-tempo. Seus corpos foram enterrados no pomar, e divulgou-se a notícia de que haviam morrido de eimeriose. Whymper não ficou sabendo de nada disso, e os ovos foram devidamente entregues, uma carroça da mercearia vinha à fazenda uma vez por semana para retirá-los.

Durante todo esse tempo, não se viu mais Snowball. Diziam que estava escondido em alguma das fazendas vizinhas, na Foxwood ou na Pinchfield. Napoleon a essa altura estava ligeiramente mais próximo dos outros fazendeiros do que antes. Acontece que havia no terreiro uma pilha de madeira que estava ali fazia dez anos, desde que um bosque de faias fora derrubado. A madeira já estava bem seca, e Whymper havia aconselhado Napoleon a vendê-la; tanto o senhor Pilkington quanto o senhor Frederick estavam interessados em comprá-la. Napoleon estava hesitando entre os dois, incapaz de se decidir. Reparou-se que, sempre que ele parecia prestes a concordar em vender ao senhor Frederick, diziam que Snowball estava escondido em Foxwood, ao passo que, quando tendia a vender ao senhor Pilkington, diziam que Snowball estava em Pinchfield.

De repente, no início da primavera, uma coisa preocupante foi descoberta. Snowball vinha rodeando a fazenda à noite! Os bichos ficaram tão perturbados que mal conseguiram dormir em suas baias. Toda noite, diziam, ele vinha se esgueirando, protegido pelo manto da escuridão, e praticava todo tipo de diabrura. Roubava milho, derrubava baldes de leite, quebrava ovos, pisoteava sementeiras, arranhava a casca das árvores no pomar. Sempre que alguma coisa dava errado, passou a ser comum atribuir a culpa a Snowball. Se uma janela quebrava ou um canal de drenagem ficava entupido, certamente alguém dizia que Snowball tinha vindo à noite e feito aquilo; quando perderam a chave do armazém, a fazenda inteira ficou convencida de que Snowball havia jogado a chave no poço. Curiosamente, continuaram acreditando nisso mesmo depois que a chave perdida foi encontrada embaixo de um saco de farinha. As vacas foram unânimes em afirmar que Snowball havia se esgueirado por suas baias e as ordenhado enquanto dormiam. Os ratos, que passaram o inverno inteiro agitados, também foram acusados de serem aliados de Snowball.

Napoleon decretou que deveria haver uma investigação completa das atividades de Snowball. Com seus cães a tiracolo, ele saiu da casa-grande e fez uma cuidadosa inspeção em todas as instalações da fazenda, e os outros bichos acompanharam a uma distância respeitosa. A cada tantos passos, Napoleon parava e farejava o terreno em busca de vestígios das pegadas de Snowball, que, segundo ele, conseguia detectar pelo cheiro. Ele farejou cada canto do celeiro, do curral, do galinheiro, da horta e encontrou vestígios de Snowball em praticamente toda parte. Punha o focinho no chão, inspirava profundamente várias vezes e exclamava com uma voz terrível:

— Snowball! Ele passou por aqui! Sinto perfeitamente o cheiro dele!

Ao ouvirem o nome "Snowball", todos os cães emitiam rosnados de gelar o sangue e mostravam seus caninos.

Os bichos ficaram completamente apavorados. Parecia-lhes que Snowball era uma espécie de influência invisível, impregnando o ar a sua volta e ameaçando-os com todo tipo de perigo. Ao anoitecer, Squealer reuniu o grupo todo e, com expressão preocupada no rosto, contou-lhes que tinha notícias sérias para dar.

— Camaradas! – exclamou Squealer, dando pulinhos nervosos. – Descobriu-se uma coisa terrível. Snowball se vendeu ao Frederick da fazenda Pinchfield, que, neste exato momento, está planejando nos atacar e tirar a fazenda de nós! Snowball será o guia de Frederick quando o ataque começar. Nós achávamos que a rebeldia de Snowball fosse causada simplesmente por sua vaidade e sua ambição. Mas nós estávamos errados, camaradas. Vocês sabem o verdadeiro motivo? Snowball estava mancomunado com Jones desde o início! Ele era um agente secreto de Jones todo esse tempo. Está tudo provado por documentos que ele deixou para trás e que nós acabamos de encontrar. Para mim, isso explica muita coisa, camaradas. Nós mesmos não vimos como ele tentou, por sorte, sem sucesso, facilitar a nossa derrota e a nossa destruição na Batalha do Curral?

Os bichos ficaram estupefatos. Aquilo era uma maldade da parte de Snowball muito maior que a destruição do moinho. Mas levaram alguns minutos até conseguir absorver a notícia completamente. Então todos se lembraram, ou pensaram se lembrar, de ter visto Snowball assumir a dianteira na Batalha do Curral, de como ele havia gritado e os encorajado a cada passo e de como não havia parado mesmo quando o tiro da espingarda de Jones pegou de raspão em suas costas. A princípio, foi um pouco difícil entender como isso se encaixava com sua aliança com Jones. Até mesmo Boxer, que raramente fazia perguntas, ficou intrigado. Ele se deitou, dobrou os cascos da frente embaixo do corpo, fechou os olhos e, com muito esforço, conseguiu formular seus pensamentos.

— Eu não acredito nisso – disse ele. – Snowball lutou com bravura na Batalha do Curral. Eu vi com meus próprios olhos. Nós não demos a ele a medalha de "Herói dos Bichos, Primeira Classe" logo depois disso?

— Esse foi o nosso erro, camarada. Pois agora sabemos, está tudo escrito nos documentos secretos que nós encontramos, que, na verdade, ele estava tentando nos levar à desgraça.

— Mas ele foi ferido – disse Boxer. – Todo mundo viu que ele estava sangrando.

— Isso fazia parte do acordo deles! – exclamou Squealer. – O tiro de Jones só pegou de raspão nele. Eu poderia lhe mostrar isso escrito por ele mesmo, se você soubesse ler. O plano era que Snowball, no momento mais crítico, daria um sinal de retirada e deixaria o campo para o inimigo. E ele quase conseguiu... Eu diria mesmo, camaradas, que ele *teria* conseguido, não fosse o nosso heroico líder, camarada Napoleon. Vocês não lembram como, no exato momento em que Jones e seus homens entraram no terreiro, Snowball subitamente se virou e fugiu, e muitos de vocês foram atrás dele? E não lembram também que, naquele mesmo momento, quando o pânico estava se espalhando e tudo parecia perdido, o camarada Napoleon avançou e gritou "Morte à humanidade!" e cravou os dentes na perna de Jones? Certamente vocês se lembram *disso*, não é, camaradas? – exclamou Squealer, pulando de um lado para o outro.

Então, depois que Squealer descreveu a cena com tantos detalhes, os bichos acharam que *realmente* se lembravam de tudo. Seja como for, eles se lembraram de que no momento crítico da batalha Snowball tinha se virado para fugir. Entretanto, Boxer continuou um pouco incomodado.

— Não acredito que Snowball fosse um traidor desde o começo – disse por fim. – O que ele fez depois é diferente. Mas acho que na Batalha do Curral ele foi um bom camarada.

— Nosso líder, camarada Napoleon – anunciou Squealer, falando bem devagar e de modo seguro –, declarou categoricamente... categoricamente, camarada, que Snowball era agente de Jones desde o começo, sim, e desde muito antes de a rebelião ser cogitada.

— Ah, isso é diferente! – disse Boxer. – Se o camarada Napoleon falou, deve ser verdade.

— Esse é o espírito, camarada! – exclamou Squealer, porém fazendo uma cara muito feia para Boxer com seus olhinhos brilhantes.

Ele se virou para ir embora, então parou e acrescentou enfaticamente:
— Estou avisando a todos os bichos da fazenda que fiquem de olhos bem abertos. Pois temos motivos para acreditar que alguns agentes secretos de Snowball estão nos vigiando neste exato momento!

Quatro dias depois, no final da tarde, Napoleon ordenou que todos os bichos se reunissem no terreiro. Quando estavam todos reunidos, Napoleon saiu da casa-grande, usando suas duas medalhas (pois, recentemente, ele mesmo se condecorara "Herói dos Bichos, Primeira Classe" e "Herói dos Bichos, Segunda Classe"), com seus nove cães enormes correndo em círculos em volta dele e emitindo rosnados que davam calafrios nos bichos. Todos se acovardaram, calados em seus lugares, parecendo saber de antemão que alguma coisa terrível estava para acontecer.

Napoleon permaneceu inspecionando os presentes seriamente; então soltou um ganido agudo. Imediatamente, os cães saltaram para a frente, capturaram quatro porcos pela orelha e os arrastaram, grunhindo de dor e terror, até os pés de Napoleon. As orelhas dos porcos estavam sangrando, os cães haviam sentido o gosto do sangue e, por alguns momentos, pareciam ter enlouquecido. Para espanto de todos, três dos cães partiram para cima de Boxer. Ele viu que estavam se aproximando e levantou o casco dianteiro, interceptou um cão em pleno ar e pisou sobre ele contra o chão. O cão gritou implorando piedade e os outros dois fugiram com o rabo entre as pernas. Boxer olhou para Napoleon para saber se deveria matar o cachorro ou deixá-lo ir. Napoleon aparentemente mudou de expressão e, rispidamente, mandou Boxer soltar o cão, ao que Boxer levantou o casco, e o cão escapuliu, ferido e uivando.

Nessa hora, o tumulto passou. Os quatro porcos ficaram esperando, trêmulos, com a culpa escrita em cada ruga de seus semblantes. Napoleon então os mandou confessar seus crimes. Eram os mesmos quatro porcos que haviam protestado quando Napoleon abolira as reuniões de domingo. Sem que lhes pedissem duas vezes, eles logo confessaram que estavam secretamente em contato com Snowball desde sua expulsão, que haviam colaborado com ele na destruição do moinho e que haviam entrado em um acordo com ele para passar a Fazenda dos Bichos para as mãos do senhor Frederick. Eles acrescentaram que Snowball havia admitido para eles que tinha sido um agente secreto do senhor Jones nos últimos anos. Quando terminaram de confessar, os cães rapidamente rasgaram suas gargantas, e, com uma voz terrível, Napoleon perguntou se algum outro animal tinha algo mais a confessar.

As três galinhas que haviam liderado a tentativa de rebelião por causa dos ovos deram um passo à frente e declararam que Snowball havia aparecido em um sonho e as incitara a desobedecer às ordens de Napoleon. Elas também foram massacradas. Então um ganso se apresentou e confessou ter escondido seis espigas de milho da colheita do ano anterior e as comido no meio da noite. Depois uma ovelha confessou ter urinado no tanque – estimulada, segundo ela, por Snowball – e duas outras ovelhas confessaram ter matado um velho carneiro, seguidor especialmente devotado de Napoleon, perseguindo-o em volta de uma fogueira quando estava sofrendo de um acesso de tosse. Foram todos exterminados ali mesmo. E assim a história das confissões e execuções prosseguiu, até haver uma pilha de cadáveres aos pés de Napoleon e o ar ficar pesado com o cheiro de sangue, algo que não se sentia ali desde a expulsão de Jones.

Quando tudo acabou, os bichos remanescentes, com exceção dos porcos e dos cães, foram embora consternados. Estavam abalados e infelizes. Não sabiam o que era mais chocante: a traição dos bichos que se aliaram a Snowball ou a reação cruel que haviam acabado de presenciar. Nos velhos tempos, houve cenas igualmente chocantes de derramamento de sangue, mas todos ali acharam muito pior agora que aquilo estava acontecendo entre eles. Desde a saída de Jones da fazenda até aquele momento, nenhum animal havia matado outro animal. Nem mesmo os ratos eram mortos pelos outros bichos. Foram todos até o pequeno promontório onde o moinho inacabado ainda resistia e, a um sinal, todos se deitaram como se fossem se abraçar para se proteger do frio – Clover, Muriel, Benjamin, as vacas, as ovelhas e todo o bando de gansos e galinhas –, todo mundo menos a gata, que de repente havia desaparecido, pouco antes de Napoleon mandar os bichos se reunirem. Durante algum tempo ninguém falou nada. Apenas Boxer continuou de pé. Ele estava agitado, balançando o rabo comprido e negro para os lados e, de quando em quando, soltando um gemido baixo ao se surpreender com os estalos em suas ancas. Finalmente, ele disse:

— Eu não entendo. Eu não teria acreditado se dissessem que essas coisas poderiam acontecer na nossa fazenda. Deve ser algum defeito nosso. A solução, a meu ver, é trabalhar mais duro ainda. De agora em diante, vou acordar uma hora mais cedo todas as manhãs.

E ele se afastou com seu trote pesado e foi até a pedreira. Lá chegando, pegou duas cargas seguidas de pedra e as arrastou até o moinho antes de se recolher para dormir.

Os bichos se amontoaram em volta de Clover sem dizer nada. O promontório onde estavam deitados lhes permitia uma ampla perspectiva de toda a região. A maior parte da Fazenda dos Bichos podia ser avistada dali – o enorme pasto que se estendia até a estrada principal, o campo de feno, o bosque, o tanque, os campos arados onde o trigo jovem estava espesso e verde e os telhados vermelhos das instalações da fazenda, com fumaça se espiralando das chaminés. Era uma noite aberta de primavera. A relva e as cercas estavam douradas pelos raios de sol. Nunca antes a fazenda – e com certa surpresa eles se lembraram de que a fazenda era deles, cada centímetro dela era propriedade deles – pareceu aos bichos um lugar tão desejável. Quando Clover olhou para o declive do promontório, seus olhos se encheram de lágrimas. Se ela fosse capaz de expressar seus pensamentos, diria que aquilo não era o que pretendiam quando se puseram anos antes a trabalhar para derrotar a raça humana. Aquelas cenas de terror e massacre não eram o que almejavam naquela noite em que o velho Major pela primeira vez os estimulou à rebelião. Se Clover tinha alguma imagem do futuro, teria sido a de uma sociedade de animais livres da fome e do chicote, todos iguais, cada um trabalhando segundo sua própria capacidade, em que os mais fortes protegeriam os mais fracos, como ela havia protegido aqueles patinhos com sua pata dianteira na noite do discurso de Major. Em vez disso – ela não sabia o porquê –, eles haviam chegado a um tempo em que ninguém ousava dizer o que estava pensando, em que cães ferozes rosnavam e vigiavam tudo e em que era preciso presenciar seus camaradas sendo massacrados depois de confessarem crimes chocantes. Não havia nenhuma ideia de rebelião ou desobediência em seus pensamentos. Ela sabia que, mesmo que as coisas estivessem assim, eles ainda estavam muito melhor que nos tempos de Jones e que antes de qualquer coisa era necessário impedir a volta dos homens. Acontecesse o que acontecesse, ela permaneceria fiel, trabalharia duro, executaria as ordens que lhe fossem dadas e aceitaria a liderança de Napoleon. Mas, ainda assim, não era por isso que ela e todos os outros bichos haviam ansiado e lutado. Não era por isso que eles tinham construído o moinho e enfrentado as balas da espingarda de Jones. Esses eram seus pensamentos, embora lhe faltassem palavras para expressá-los.

Enfim, sentindo que a canção seria de alguma forma um substituto para as palavras que não conseguia encontrar, Clover começou a cantar *Bichos da Inglaterra*. Os outros bichos, sentados em volta dela, também começaram a cantar, e cantaram três vezes – muito afinados, mas lenta e tristemente, de uma maneira como nunca tinham cantado antes.

Eles haviam acabado de cantar pela terceira vez quando Squealer, acompanhado de dois cachorros, aproximou-se do grupo com ar de quem tinha algo importante a dizer. Ele anunciou que, por um decreto especial do camarada Napoleon, a canção *Bichos da Inglaterra* havia sido abolida. De agora em diante, era proibido cantá-la.

Os bichos foram pegos de surpresa.

— Por quê? – exclamou Muriel.

— Essa canção não é mais necessária, camarada – disse Squealer com frieza. – *Bichos da Inglaterra* era a canção da rebelião. Mas a rebelião agora está completa. A execução dos traidores esta tarde foi o último ato. O inimigo, tanto externo quanto interno, foi derrotado. Em *Bichos da Inglaterra*, expressávamos nosso anseio por uma sociedade melhor no futuro. E essa sociedade agora está estabelecida. Claramente, essa canção já não tem mais nenhum cabimento.

Mesmo apavorados como estavam, alguns bichos possivelmente protestaram, mas naquele exato momento as ovelhas começaram a balir seu "Quatro pernas, bom; duas pernas, ruim" de sempre, o que se perpetuou por alguns minutos e pôs fim à discussão.

De modo que não se ouviu mais *Bichos da Inglaterra*. Para substituí--la, Minimus, o poeta, compôs outra canção, que começava assim:

Fazenda dos Bichos, Fazenda dos Bichos,
longe de mim transformá-la em lixo!

E essa nova canção seria cantada todo domingo de manhã, após o hasteamento da bandeira. Entretanto, de alguma forma, segundo os próprios bichos, nem a letra nem a música jamais chegariam aos pés de *Bichos da Inglaterra*.

Capítulo 8

Poucos dias depois, quando o terror causado pelas execuções havia passado, alguns bichos se lembraram – ou pensaram se lembrar – de que o Sexto Mandamento decretava: "Nenhum bicho matará outro bicho". E, embora ninguém quisesse mencionar isso na presença dos porcos ou dos cães, todos sentiram que as mortes ocorridas não se encaixavam naquela lei. Clover pediu a Benjamin que lesse para ela o Sexto Mandamento, e, quando Benjamin, como sempre, disse que se recusava a se misturar com esses assuntos, ela recorreu a Muriel. Muriel leu para ela o mandamento. Dizia: "Nenhum bicho matará outro bicho *sem motivo*". De alguma forma, as duas últimas palavras haviam passado despercebidas dos bichos. Mas eles viram então que o mandamento não havia sido violado; pois claramente havia bons motivos para matar os traidores que se associaram a Snowball.

Ao longo do ano, os bichos trabalharam ainda mais duro do que haviam trabalhado no ano anterior. Reconstruir o moinho, com paredes duas vezes mais grossas que antes, e terminá-lo na data definida, além do trabalho normal da fazenda, era uma tremenda tarefa. Houve momentos em que pareceu aos bichos que estavam trabalhando mais e comendo menos que nos tempos de Jones. Nas manhãs de domingo, Squealer, segurando uma longa lista de papel em sua pata, lia para eles os números que provavam que a produção de cada tipo de alimento havia aumentado em duzentos por cento, trezentos por cento, ou quinhentos por cento, conforme o caso. Os bichos não viam motivo para duvidar dele, especialmente porque não conseguiam se lembrar muito claramente de como eram as condições antes da rebelião. Do mesmo modo, havia dias em que achavam que seria melhor ter menos números e mais comida.

Todas as ordens agora eram promulgadas por Squealer ou algum outro porco. O próprio Napoleon não era visto em público mais de uma vez a cada duas semanas. Quando ele aparecia, estava acompanhado não apenas de sua comitiva de cães como também de um galo preto que marchava na frente dele e agia como uma espécie de corneteiro, emitindo em voz alta um "cocoricó" antes de Napoleon falar. Mesmo na casa-grande, diziam, Napoleon ocupava dormitórios separados dos demais. Ele fazia suas refeições sozinho, com dois cachorros esperando por ele, e sempre usava o jogo de jantar de porcelana Crown Derby que ficava guardado no armário da sala. Foi anunciado também que a espingarda seria disparada todo ano no dia do aniversário de Napoleon, assim como nos aniversários dos dois outros eventos.

Agora, ninguém mais se referia a Napoleon apenas como "Napoleon". Ele era sempre citado formalmente como "nosso líder, camarada Napoleon", e os porcos gostavam de inventar para ele títulos como Pai de Todos os Bichos, Terror dos Homens, Protetor do Rebanho, Amigo dos Patinhos e coisas do gênero. Em seus discursos, Squealer falava com lágrimas nos olhos da sabedoria de Napoleon, da bondade de seu coração e do profundo amor que sentia por todos os animais em toda parte, especialmente pelos bichos infelizes que ainda viviam na ignorância da escravidão em outras fazendas. Tornara-se comum atribuir a Napoleon o crédito por toda realização bem-sucedida e cada golpe de sorte. Era comum ouvir uma galinha comentar com a outra: "Sob a orientação do nosso líder, camarada Napoleon, pus cinco ovos em seis dias"; ou duas vacas, bebendo água no tanque, exclamarem: "Graças à liderança do camarada Napoleon, essa água está com um gosto excelente!". A sensação geral na fazenda foi bem expressa em um poema intitulado "Camarada Napoleon", escrito por Minimus, que dizia o seguinte:

Amigo dos órfãos!
Fonte de felicidade!
Senhor da lavagem!
Oh, minha alma
arde quando vejo teus
calmos e exigentes olhos,
como sóis no céu,
camarada Napoleon.

És o doador de tudo
que teu povo adora,
pança cheia duas vezes ao dia,
palha limpa para se deitar;
todo bicho grande ou pequeno
dorme em paz em sua baia,
de todos eles, és o vigia,
camarada Napoleon!

Se eu tiver um leitão,
antes de ficar grandalhão,

do tamanho de uma garrafa
ou de um pau de macarrão,
ele deve aprender a ser
fiel e leal a ti,
sim, seu primeiro guincho deve ser
"Camarada Napoleon!".

Napoleon aprovou esse poema e mandou que fosse escrito na parede do celeiro grande, no lado oposto aos Sete Mandamentos. Acima do poema foi posto um retrato de Napoleon feito em tinta branca por Squealer.

Nesse meio-tempo, por intermédio de Whymper, Napoleon se envolveu em complicadas negociações com Frederick e Pilkington. A pilha de madeira ainda não havia sido vendida. Dos dois, Frederick era o mais interessado em adquiri-la, mas não queria oferecer um preço razoável. Ao mesmo tempo, havia novos rumores de que Frederick e seus homens estavam planejando atacar a Fazenda dos Bichos e destruir o moinho, cuja construção despertara nele um ciúme furioso. Snowball, dizia-se, ainda estava escondido na fazenda Pinchfield. No meio do verão, os bichos ficaram preocupados ao ouvir que três galinhas haviam se entregado e confessado que, inspiradas por Snowball, haviam feito parte de um plano para assassinar Napoleon. Elas foram executadas imediatamente, e novas precauções para a segurança de Napoleon foram tomadas. Quatro cães vigiariam sua cama à noite, um em cada canto, e um porquinho chamado Pinkeye recebeu a tarefa de provar toda a comida antes de ele comer, para que não fosse envenenado.

Nessa mesma época, divulgou-se que Napoleon havia fechado o negócio da venda da madeira com o senhor Pilkington; ele também estava prestes a fazer um acordo regular de troca de certos produtos entre a Fazenda dos Bichos e Foxwood. As relações entre Napoleon e Pilkington, embora fossem intermediadas apenas por Whymper, eram quase amistosas. Os bichos desconfiavam de Pilkington, na qualidade de ser humano, mas o preferiam mil vezes a Frederick, a quem temiam e odiavam. Conforme o verão foi passando, e o moinho, ficando quase completo, os rumores de um iminente ataque traiçoeiro se tornaram cada vez mais fortes. Frederick, dizia-se, pretendia vir atacá-los com vinte homens armados com espingardas, e ele já havia subornado os magistrados e a polícia, de modo que, se conseguisse se apossar da escritura da Fazenda dos Bichos, ninguém faria nenhuma pergunta. Mais que isso, histórias terríveis chegavam de Pinchfield sobre as crueldades praticadas por Frederick contra seus animais. Ele havia chicoteado um cavalo velho até matá-lo, deixava as vacas morrerem de fome, tinha executado um cachorro jogando-o na fornalha, divertia-se ao anoitecer fazendo galos brigarem com lâminas de barbear amarradas nas esporas. O sangue dos bichos fervia de raiva quando ouviam essas coisas feitas a seus camaradas, e algumas vezes eles imploraram permissão para ir em grupo atacar a fazenda Pinchfield, expulsar os homens e libertar os bichos. Porém Squealer aconselhava que evitassem ações precipitadas e confiassem na estratégia do camarada Napoleon.

Não obstante, o sentimento de animosidade contra Frederick continuou a crescer. Um domingo de manhã, Napoleon apareceu no celeiro e explicou que ele jamais cogitara vender a madeira a Frederick, que ele considerava algo abaixo de sua dignidade lidar com canalhas como aquele sujeito. Os pombos que ainda eram enviados para espalhar notícias da rebelião foram proibidos de pousar em Foxwood e também receberam ordens para abandonar seu lema anterior de "Morte à humanidade" e adotar "Morte a Frederick". Ao final do verão, outra artimanha de Snowball foi descoberta. A safra de trigo estava cheia de ervas daninhas, e revelou-se que, em uma de suas visitas noturnas, Snowball havia misturado sementes de ervas com as sementes de milho. Um ganso que era cúmplice da trama havia confessado sua culpa a Squealer e, imediatamente, cometido suicídio engolindo bagas fatais de beladona. Os bichos então ficaram sabendo que Snowball jamais – como muitos acreditavam até então – recebera a medalha "Herói dos Bichos, Primeira Classe". Isso não passava de uma lenda propagada pouco depois da Batalha do Curral pelo próprio Snowball. Longe de ter sido condecorado, havia sido censurado por demonstrar covardia na batalha. Mais uma vez, alguns bichos ouviram isso com certa perplexidade, mas logo Squealer conseguiu convencê-los de que suas lembranças estavam erradas.

No outono, com um esforço imenso e exaustivo – pois a colheita precisou ser feita quase ao mesmo tempo –, o moinho de vento ficou pronto. O maquinário ainda precisava ser instalado, e Whymper negociava a compra, mas a estrutura estava terminada. Com todas as dificuldades, apesar da inexperiência, das ferramentas primitivas, do azar e da traição de Snowball, a obra foi finalizada pontualmente no dia exato! Cansados, mas orgulhosos, os bichos ficaram dando voltas em torno de sua obra-prima, que parecia ainda mais bela a seus olhos agora do que quando fora construída pela primeira vez. Além do mais, as paredes ficaram duas vezes mais grossas que antes. Apenas explosivos as derrubariam! E, quando pensaram no tanto que haviam trabalhado, em todos os reveses que haviam superado e na enorme diferença que faria em suas vidas quando as velas estivessem girando e os dínamos funcionando; quando pensaram em tudo isso, o cansaço os abandonou, e eles pularam e saltaram em volta do moinho, emitindo gritos de triunfo. O próprio Napoleon, acompanhado de seus cães e de seu galo, veio inspecionar a obra terminada; ele parabenizou os bichos por sua realização e anunciou que o moinho se chamaria Moinho Napoleon.

Dois dias depois, os bichos foram convocados para uma reunião especial no celeiro. Ficaram mudos de espanto quando Napoleon anunciou que tinha vendido a madeira a Frederick. No dia seguinte, chegariam as carroças de Frederick e levariam a madeira embora. Ao longo de todo aquele período de aparente amizade com Pilkington, Napoleon tinha na verdade um acordo secreto com Frederick.

As relações com a fazenda Foxwood foram rompidas; mensagens de insulto foram enviadas a Pilkington. Os pombos receberam ordens para evitar a fazenda Pinchfield e mudar seu lema de "Morte a Frederick" para "Morte a Pilkington". Ao mesmo tempo, Napoleon garantiu aos bichos que as histórias de um ataque iminente à Fazenda dos Bichos eram completamente falsas e que os boatos sobre a crueldade de Frederick com seus próprios bichos haviam sido muito exagerados. Todos aqueles rumores provavelmente teriam se originado de Snowball e seus agentes. Aparentemente, agora Snowball não estava escondido em Pinchfield e, na verdade, jamais estivera lá em toda a sua vida: ele estava vivendo – com luxo considerável, pelo que se dizia – em Foxwood e na realidade era hóspede de Pilkington aqueles anos todos.

Os porcos foram ao êxtase com a astúcia de Napoleon. Ao aparentar amizade com Pilkington, ele havia forçado Frederick a aumentar sua oferta em doze libras. Mas a qualidade intelectual superior de Napoleon, disse Squealer, estava no fato de que não confiava em ninguém, nem mesmo em Frederick. Frederick queria pagar a madeira com uma coisa chamada cheque, que, aparentemente, era um pedaço de papel com uma promessa de pagamento escrita. No entanto, Napoleon era esperto demais para cair nessa. Ele exigiu pagamento em notas de cinco libras, que deveriam ser entregues antes da retirada da madeira. Frederick já havia pagado, e a quantia era suficiente para comprar o maquinário do moinho.

Nesse meio-tempo, a madeira foi sendo levada embora em alta velocidade. Quando acabou, outra reunião especial foi convocada no celeiro para que os bichos examinassem o dinheiro de Frederick. Com um sorriso beatífico e usando ambas as medalhas, Napoleon sentou-se em um leito de palha na plataforma, com o dinheiro a seu lado, perfeitamente empilhado em um prato de porcelana da cozinha da casa-grande. Os bichos passaram lentamente enfileirados, e cada um deu uma olhada no dinheiro. E Boxer aproximou o focinho e farejou o dinheiro, e as cédulas finas e brancas se agitaram e farfalharam com o ar expelido.

Três dias depois houve um terrível alvoroço. Whymper, com o semblante muito pálido, veio correndo pela estrada de bicicleta, atravessou o terreiro e foi diretamente para a casa-grande. No momento seguinte, um rugido sufocado de raiva soou nos aposentos de Napoleon. A notícia do que tinha acontecido se espalhou feito um incêndio. As notas eram falsas! Frederick tinha levado a madeira de graça!

Napoleon convocou imediatamente os bichos e, com uma voz terrível, pronunciou uma sentença de morte contra Frederick. Quando fosse capturado, disse, Frederick deveria ser cozido vivo. Ao mesmo tempo, ele alertou a todos que, depois de uma traição dessas, deveriam esperar pelo pior. Frederick e seus homens talvez fizessem o esperado ataque a qualquer momento. Sentinelas foram designados para todas as entradas da fazenda. Além disso, quatro pombos foram enviados a Foxwood com uma mensagem conciliatória, com o que os bichos esperavam poder restabelecer boas relações com Pilkington.

O ataque veio já na manhã seguinte. Os bichos faziam o desjejum quando os sentinelas chegaram correndo com a notícia de que Frederick e seu séquito já haviam passado pelo portão. De modo corajoso, os bichos partiram para enfrentá-los, mas desta vez não teriam a vitória fácil como na Batalha do Curral. Havia quinze homens, com meia dúzia de espingardas, e eles abriram fogo assim que chegaram a menos de cinquenta metros. Os bichos não conseguiriam enfrentar as terríveis explosões e os estilhaços perfurantes, e, apesar dos esforços de Napoleon e Boxer para encorajá-los, logo tiveram de recuar. Muitos já estavam feridos. Refugiaram-se nas instalações da fazenda e ficaram espiando com cuidado pelas frestas e pelos furos nas paredes. Todo o pasto grande, incluindo o moinho, estava nas mãos do inimigo. Por um momento, Napoleon pareceu não saber o que fazer. Ele ficou andando de um lado para o outro sem dizer nada, com o rabo rígido e espasmódico. Olhares melancólicos eram enviados na direção de Foxwood. Se Pilkington e seus homens ao menos viessem ajudá-los, o dia não estaria perdido. No entanto, nesse exato momento, os quatro pombos que haviam sido enviados no dia anterior voltaram, e um deles trazia um bilhete de Pilkington. O bilhete escrito a lápis dizia: "Você fez por merecer".

Nesse meio-tempo, Frederick e seus homens se posicionaram perto do moinho de vento. Os bichos ficaram observando, e um murmúrio de desolação circulou entre eles. Dois homens sacaram um pé de cabra e uma marreta. Eles iam destruir o moinho inteiro.

— Impossível! – exclamou Napoleon. – Nós construímos paredes grossas demais para isso. Eles não conseguiriam derrubar nem em uma semana. Coragem, camaradas!

Entretanto, Benjamin ficou observando atentamente os movimentos dos homens. Os dois com a marreta e o pé de cabra estavam fazendo um buraco perto da base do moinho. Lentamente, quase com ar divertido, Benjamin balançou seu longo focinho.

— Foi o que eu pensei – disse ele. – Vocês não estão vendo o que eles estão fazendo? Daqui a pouco vão encher aquele buraco de pólvora.

Aterrorizados, os bichos esperaram. Era impossível agora se arriscar fora do abrigo das instalações. Alguns minutos depois, viram os homens todos correndo para todos os lados. Então ouviu-se um estrondo ensurdecedor. Os pombos rodopiaram no ar e todos os bichos, com exceção de Napoleon, deitaram-se de barriga no chão e esconderam a cara. Quando tornaram a se levantar, uma imensa nuvem de fumaça preta pairava sobre o local onde ficava um moinho. Lentamente, a brisa levou a nuvem. O moinho não existia mais!

Diante daquela visão, a coragem dos bichos voltou. O medo e o desespero que haviam sentido momentos antes se afogaram na raiva que sentiram contra aquele ato vil, desprezível. Ergueu-se um poderoso grito de vingança, e, sem esperar por mais ordens, eles atacaram em grupo e foram diretamente para cima do inimigo. Dessa vez, não temeram os cruéis projéteis de chumbo que os varriam como uma chuva de granizo. Foi uma batalha selvagem, amarga. Os homens dispararam sem cessar e, quando os bichos se aproximaram, eles os atacaram com porretes e chutes de suas botas pesadas. Uma vaca, três ovelhas e dois gansos foram mortos, e quase todos os bichos ficaram feridos. Até Napoleon, que dirigia as operações da retaguarda, teve a ponta do rabo partida por uma bala. Mas os homens também não saíram ilesos. Três homens tiveram a cabeça quebrada por coices de Boxer; outro levou uma chifrada de vaca na barriga; um teve a calça quase inteira rasgada por Jessie e Bluebell. E quando os nove cães da guarda de Napoleon, aos quais ele dera ordens para esperar atrás da cerca, subitamente apareceram ao lado dos homens, latindo ferozmente, o pânico tomou conta deles. Os homens perceberam que estavam sendo cercados. Frederick gritou para seus homens baterem em retirada enquanto estavam vencendo e, no momento seguinte, covardemente, os inimigos fugiram correndo para salvar as próprias vidas. Os bichos foram correndo atrás deles até o final do campo e acertaram mais alguns coices nos homens quando tentavam atravessar a cerca de espinhos às pressas. Os bichos haviam vencido, mas estavam exaustos e sangrando. Lentamente, começaram a cambalear de volta para a fazenda. A visão dos camaradas mortos estendidos na relva levou alguns deles às lágrimas. E, por algum tempo, ficaram ali parados num silêncio triste, no lugar onde havia o moinho de vento. Sim, não havia mais moinho; praticamente todos os vestígios do trabalho dos bichos tinham desaparecido! Até as fundações estavam parcialmente destruídas. E, para reconstruí-lo, desta vez, não poderiam como antes usar as pedras derrubadas. Agora as pedras também haviam desaparecido. A força da explosão lançara pedras a centenas de metros dali. Era como se o moinho nunca tivesse existido.

Quando se aproximaram da fazenda, Squealer, que inexplicavelmente estivera ausente durante o combate, veio saltitante até eles, balançando o rabo, radiante de satisfação. E os bichos ouviram, vindo da direção das instalações da fazenda, o estrondo solene de uma espingarda.

— Qual é o motivo desse disparo agora? – disse Boxer.

— Para celebrar a nossa vitória! – exclamou Squealer.

— Que vitória? – disse Boxer. Ele estava com os joelhos sangrando, havia perdido uma ferradura e rachado o casco, e uma dúzia de esferas de chumbo se alojara em sua perna traseira.

— Como assim, que vitória, camarada? Nós não expulsamos o inimigo do nosso território, da terra sagrada da Fazenda dos Bichos?

— Mas eles destruíram o moinho. E nós trabalhamos dois anos nisso!

— Qual é o problema? Nós vamos construir outro moinho. Nós vamos construir seis moinhos, se quisermos. Você não está percebendo, camarada, que fizemos uma grande coisa? O inimigo chegou a ocupar este mesmo chão que pisamos agora. E, graças à liderança do camarada Napoleon, conquistamos cada centímetro de volta!

— Então, ganhamos de volta o que já tínhamos antes – disse Boxer.

— Essa é a nossa vitória – disse Squealer.

Eles foram cambaleando até o terreiro. As balas sob a pele da perna de Boxer estavam machucando muito. Ele previu o trabalho pesado da reconstrução do moinho desde a fundação e já se imaginou cumprindo essa tarefa, preparando-se mentalmente. No entanto, pela primeira vez, ocorreu-lhe que estava onze anos mais velho e que talvez seus grandes músculos não fossem mais exatamente os mesmos de antes.

Quando os bichos viram a bandeira verde hasteada e ouviram o disparo da espingarda outra vez – foram sete disparos no total – e escutaram o discurso que Napoleon fez, parabenizando-os por sua conduta, pareceu-lhes que, afinal, tinham mesmo conquistado uma grande vitória. Os animais mortos em combate receberam um funeral solene. Boxer e Clover puxaram a carroça, que serviu de carro fúnebre, e o próprio Napoleon caminhou à frente do cortejo. Dois dias inteiros foram concedidos para as cerimônias. Ouviram canções, discursos e mais disparos de espingarda, e foi oferecido um presente especial de uma maçã a cada bicho, cinquenta gramas de farinha de milho por pássaro e três biscoitos a cada cachorro. Foi anunciado que a batalha seria chamada Batalha do Moinho e que Napoleon havia criado uma nova condecoração, a Ordem do Pavilhão Verde, que conferiu a si mesmo. Na alegria geral, o infeliz episódio do dinheiro falso foi esquecido.

Alguns dias depois disso, os porcos encontraram uma caixa de garrafas de uísque no porão da casa-grande. A caixa havia sido deixada de lado no primeiro momento da ocupação da casa. Naquela noite, ouviu-se o som alto de cantorias, em meio às quais, para surpresa de todos, misturavam-se trechos de *Bichos da Inglaterra*. Por volta das nove e meia da noite, Napoleon, usando um velho chapéu do senhor Jones, foi claramente visto saindo pela porta dos fundos, trotando rapidamente pelo terreiro e sumindo novamente dentro de casa. Pela manhã, um silêncio profundo reinou na casa-grande. Parecia que nenhum porco havia acordado. Já eram quase nove horas da manhã quando Squealer surgiu, caminhando devagar e desanimado, com o olhar parado, o rabo caído, frouxo, e com toda a aparência de estar seriamente doente. Ele reuniu os bichos e lhes contou que tinha uma notícia terrível para dar. O camarada Napoleon estava morrendo!

Surgiu um grito de lamento. Espalharam palha pela entrada da casa-grande, e os bichos caminhavam na ponta das patas. Com lágrimas nos olhos, os bichos se perguntaram o que fariam sem o seu líder. Correram rumores de que Snowball, afinal, havia conseguido envenenar a comida de Napoleon. Às onze horas, Squealer voltou para fazer outro pronunciamento. Como seu último ato sobre a terra, o camarada Napoleon decretava solenemente: a ingestão de álcool seria punida com a morte.

Ao anoitecer, no entanto, Napoleon aparentemente ficou um pouco melhor, e na manhã seguinte Squealer teve a oportunidade de avisar que estava bem e quase recuperado. Na noite daquele mesmo dia, Napoleon estava de volta ao trabalho e, no dia seguinte, descobriu-se que ele havia mandado Whymper comprar em Willingdon alguns manuais de fermentação e destilação. Uma semana depois, Napoleon deu ordens de que o pequeno cercado vizinho ao pomar, que anteriormente se pretendia reservar como pastagem para os bichos aposentados, fosse lavrado. Alegou-se que o pasto estava exaurido e que precisaria ser semeado de novo, mas logo todos ficaram sabendo que Napoleon tinha a intenção de plantar cevada ali.

Por volta dessa época, ocorreu um estranho incidente que quase ninguém conseguiu entender na hora. Uma noite, por volta da meia--noite, ouviu-se um estrondo alto no terreiro, e os bichos saíram correndo das baias. Era uma noite enluarada. Junto da parede dos fundos do celeiro grande, onde estavam escritos os Sete Mandamentos, havia uma escada quebrada ao meio. Squealer, momentaneamente zonzo, estava estendido ao lado da escada; perto da pata dele havia um lampião, um pincel e um balde virado de tinta branca. Os cães imediatamente formaram um círculo em volta de Squealer e o escoltaram de volta à casa-grande assim que ele se sentiu capaz de andar. Nenhum bicho compreendeu o que aquilo significava, exceto o velho Benjamin, que balançou o focinho com um ar de sabedoria de quem entendia, mas nada dizia.

Alguns dias depois, Muriel, lendo sozinha os Sete Mandamentos, reparou que havia outro mandamento de que os bichos se recordavam de maneira errada. Todos achavam que o Quinto Mandamento era "Nenhum bicho beberá álcool", mas havia duas outras palavras das quais eles tinham se esquecido. Na verdade, o mandamento dizia: "Nenhum bicho beberá álcool *em excesso*".

Capítulo 9

O casco rachado de Boxer demorou muito para sarar. Os bichos começaram a reconstrução do moinho no dia seguinte ao encerramento das cerimônias da vitória. Boxer recusou-se a tirar o dia de folga e fez questão de não demonstrar que estava sentindo dor. À noite, admitiria em particular para Clover que o casco o estava incomodando um bocado. Clover tratou o casco com emplastros de ervas que ela preparava mascando, e tanto ela como Benjamin insistiram para que Boxer não trabalhasse tanto.

— Os pulmões de um cavalo não duram para sempre – dizia a ele.

Boxer, no entanto, não lhe dava ouvidos. Tinha, segundo ele mesmo, uma única ambição na vida: ver o moinho bem adiantado antes de chegar a hora de se aposentar.

No início, quando as leis da Fazenda dos Bichos foram formuladas pela primeira vez, a idade de aposentadoria foi determinada para cavalos e porcos aos doze anos; vacas aos catorze anos; cachorros aos nove; ovelhas aos sete; galinhas e gansos aos cinco anos. Haviam sido votadas e aprovadas generosas pensões para os velhos. Até então, nenhum bicho, na verdade, havia se aposentado e ninguém ainda recebia essa pensão, mas ultimamente esse assunto vinha sendo cada vez mais discutido. Agora que o campinho depois do pomar tinha sido reservado para plantar cevada, dizia-se que um canto do pasto principal seria cercado e convertido em pasto exclusivo para animais idosos. Para os cavalos, dizia-se, a pensão seria de cinco libras de farinha de milho por dia e, no inverno, quinze libras de feno, com uma cenoura e, eventualmente, uma maçã nos feriados. O décimo segundo aniversário de Boxer seria no final do verão do ano seguinte.

Enquanto isso, a vida seria dura. O inverno foi tão frio quanto o anterior, e a comida ficou ainda mais escassa. Mais uma vez, todas as rações foram reduzidas, exceto a de porcos e cães. Uma igualdade muito rígida das rações, explicaria Squealer, seria contrária aos princípios do Animalismo. Em todo caso, ele não teve dificuldade em provar aos outros bichos que, na verdade, não havia escassez de comida, por mais que parecesse escassa. Por ora, de fato, entendeu-se que era necessário fazer reajustes nas rações (Squealer sempre falava em "reajuste", nunca em "redução"), mas, em comparação com os tempos de Jones, a melhoria era enorme. Lendo os números com uma voz aguda e rápida, provou aos bichos de modo detalhado que agora havia mais aveia, mais feno, mais rabanetes que nos tempos de Jones, que eles trabalhavam menos horas, que a água que bebiam era de melhor qualidade, que viviam mais tempo, que uma proporção maior dos mais novos sobrevivia à infância e que tinham mais palha nas baias e sofriam menos com pulgas. Os bichos acreditaram em cada palavra. Embora, verdade seja dita, Jones e tudo o que ele representava fosse algo quase apagado da memória dos bichos. Os bichos sabiam que a vida atual era dura e difícil, que muitas vezes passavam fome e frio e que geralmente estavam trabalhando ou dormindo. Mas, sem dúvida, tinha sido pior antigamente. Eles se contentaram em acreditar nisso. Além do mais, naquela época, os bichos eram escravos, e agora eram livres, e isso fazia toda a diferença, como Squealer fazia questão de enfatizar.

Havia muito mais bocas para alimentar agora. No outono, as quatro porcas deram crias quase simultaneamente, produzindo trinta e um leitõezinhos no total. Os leitõezinhos eram todos malhados e, como Napoleon era o único porco malhado da fazenda, foi possível adivinhar quem era o pai. Anunciou-se mais tarde, quando os tijolos e a madeira foram comprados, que uma escola seria construída no jardim da casa-grande. Enquanto isso, os leitõezinhos seriam instruídos pelo próprio Napoleon na cozinha da casa. Eles faziam exercícios no jardim e não eram estimulados a brincar com os outros filhotes. Por volta dessa época, estabeleceu-se como regra que, quando um porco e outro animal se encontrassem no caminho, o outro animal deveria ceder a passagem e também que todos os porcos, de qualquer nível, teriam o privilégio de usar fitas verdes no rabo aos domingos.

A fazenda tivera um ano de sucesso, mas o dinheiro ainda era escasso. Precisariam comprar tijolos, areia e cal para a escola, e seria também necessário começar a poupar para o maquinário do moinho. Depois, havia ainda parafina e velas para a casa-grande, açúcar para o próprio Napoleon (ele proibia aos outros porcos, alegando que ficariam gordos); sem falar na reposição de todos os itens como ferramentas, pregos, barbante, carvão, arame, sucata e biscoitos caninos. Um fardo de feno e uma parte da safra de batatas foram vendidos, e o contrato dos ovos foi aumentado para seiscentos ovos por semana, de modo que, naquele ano, as galinhas mal chocaram ovos suficientes para manter sua população no mesmo patamar. As rações, reduzidas em dezembro, seriam reduzidas outra vez em fevereiro, e os lampiões nas baias foram proibidos para economizar combustível. Os porcos, no entanto, pareciam passar confortavelmente e, na verdade, vinham até ganhando peso. Uma tarde, no final de fevereiro, um aroma quente, forte, apetitoso, como os bichos nunca tinham sentido antes, pairou pelo terreiro vindo da pequena cervejaria atrás da cozinha, que ficara abandonada na época de Jones. Alguém disse que era cheiro de cevada cozida. Os bichos farejaram o ar com fome e se perguntaram se alguma gororoba quente estaria sendo preparada para o jantar deles. Mas nenhuma gororoba quente apareceu e, no domingo seguinte, foi anunciado que, de agora em diante, toda a cevada seria reservada exclusivamente para os porcos. O campinho atrás do pomar já havia sido semeado com cevada. E logo vazaria a notícia de que cada porco estava recebendo uma caneca de cerveja por dia e que o próprio Napoleon ficava com meio galão só para ele, sempre servido na sopeira de porcelana Crown Derby.

Porém, se havia dificuldades a serem enfrentadas, eram parcialmente atenuadas pelo fato de que, agora, a vida tinha uma dignidade maior do que tivera antes. Havia mais canções, mais discursos, mais processões. Napoleon havia decidido que uma vez por semana haveria uma coisa chamada Demonstração Espontânea, cujo objetivo era celebrar as lutas e os triunfos da Fazenda dos Bichos. Na hora determinada, os bichos saíam do trabalho e marchavam por toda a extensão da fazenda em formação militar, com os porcos à frente, depois os cavalos, depois as vacas, depois as ovelhas e depois as aves. Os cachorros iam ladeando a processão, e na frente de todos ia o galo preto de Napoleon. Boxer e Clover sempre levavam juntos o grande estandarte verde pintado com o casco e o chifre e a legenda "Vida longa ao camarada Napoleon!". Em seguida, havia recitais de poemas escritos em homenagem a Napoleon e sempre tinha um discurso de Squealer dando os detalhes das últimas melhorias da produção de alimentos, e eventualmente disparavam um tiro de espingarda. As ovelhas foram as maiores entusiastas da Demonstração Espontânea; e se alguém reclamasse (como alguns poucos animais às vezes faziam, quando não havia porcos ou cães por perto), afirmando que aquilo era uma perda de tempo e que tinham de ficar longos períodos prostrados no frio, as ovelhas inevitavelmente o silenciavam com seus tremendos balidos de "Quatro pernas, bom; duas pernas, ruim!".

Em geral, a maioria dos bichos gostava dessas celebrações. Achavam reconfortante relembrar que, afinal, eram verdadeiramente donos de si mesmos e que todo o trabalho que faziam era em seu benefício. De modo que, com aquele tanto de canções, procissões, listas com números de Squealer, tiros de espingarda, galo cantando e bandeira tremulando, os bichos conseguiam esquecer que suas barrigas estavam vazias ao menos parte do tempo.

Em abril, a Fazenda dos Bichos foi proclamada uma República e se tornou necessário eleger um presidente. Só havia um candidato, Napoleon, que foi eleito por unanimidade. No mesmo dia, divulgaram novos documentos que revelavam mais detalhes sobre a cumplicidade entre Snowball e Jones. Agora, aparentemente, Snowball não apenas havia, como os bichos imaginavam antes, tentado entregar a Batalha do Curral como um estratagema como também tinha abertamente lutado ao lado de Jones. Na verdade, ele efetivamente havia sido o líder das forças humanas e tinha atacado os bichos com as palavras "Vida longa à humanidade!" saindo de seus lábios. As feridas nas costas de Snowball, que alguns bichos ainda se lembravam de terem visto, haviam sido infligidas pelos dentes de Napoleon.

No meio do verão, Moses, o corvo, subitamente reapareceu na fazenda, após uma ausência de vários anos. Ele parecia não ter mudado nada, continuava sem trabalhar e falava sem parar como sempre sobre a Montanha de Açúcar. Ele se empoleirava em um toco, batia suas asas negras e começava a falar por horas para qualquer um que estivesse ouvindo.

— Lá no alto, camaradas – dizia solenemente, apontando para o céu com seu bico enorme. – Lá no alto, do outro lado daquela nuvem escura que vocês estão vendo, é lá que ela fica, a Montanha de Açúcar, aquela região feliz onde os pobres bichos descansarão eternamente de seus trabalhos!

Dizia até que, em um de seus voos mais altos, havia estado lá um dia e tinha visto os campos de trevo perenes e bolos de linhaça e torrões de açúcar que brotavam nas cercas. Muitos bichos acreditaram nele. Suas vidas agora, eles refletiam, eram trabalhar e passar fome; não era justo que existisse um mundo melhor em algum outro lugar? Uma coisa difícil de entender foi a atitude dos porcos em relação a Moses. Eles todos afirmavam com desdém que as histórias que ele contava sobre a Montanha de Açúcar eram mentira e, no entanto, permitiam que ele ficasse na fazenda, sem trabalhar, e ainda recebendo um copo de cerveja por dia.

Depois que seu casco ficou curado, Boxer trabalhou mais duro que nunca. Na verdade, todos os bichos trabalharam feito escravos aquele ano. Além do trabalho normal na fazenda e da reconstrução do moinho, havia a escola para os leitõezinhos, cuja construção havia começado em março. Às vezes, as longas horas sem comida suficiente eram duras de suportar, mas Boxer jamais hesitou. Em nada do que ele dizia ou fazia havia qualquer sinal de que sua força não fosse a mesma de antes. Apenas sua aparência estava um pouco alterada; seu pelo parecia menos brilhante que o normal e suas ancas grandiosas pareciam ter encolhido. Os outros bichos diziam:

— Boxer vai voltar a engordar quando o capim da primavera crescer.

Porém, chegou a primavera e Boxer não engordou. Às vezes, na subida ao topo da pedreira, quando forçava seus músculos contra o peso de uma pedra imensa, parecia que a única coisa que o mantinha em pé era sua vontade de continuar. Nesses momentos, seus lábios formavam as palavras "vou trabalhar mais duro", mas ele não tinha mais voz. Mais uma vez, Clover e Benjamin alertaram-no para cuidar da saúde, mas Boxer não deu atenção. Seu décimo segundo aniversário estava se aproximando. Ele não se importava com o que aconteceria desde que deixasse um bom estoque de pedra acumulada antes de se aposentar.

Bem tarde da noite, naquele verão, um rumor súbito circulou pela fazenda de que alguma coisa havia acontecido com Boxer. Ele tinha saído sozinho para puxar uma carga de pedras até o moinho. E, sem dúvida, o rumor era verdadeiro. Alguns minutos depois, dois pombos chegaram voando com a notícia:

— O Boxer caiu! Ele está deitado de lado e não consegue se levantar!

Cerca de metade dos bichos da fazenda correu até o promontório onde ficava o moinho. Lá estava Boxer, ainda junto à carroça, pescoço estendido, incapaz de erguer a cabeça. Seus olhos estavam vidrados, seus flancos, cobertos de suor. Um fio de sangue escorria de sua boca. Clover se ajoelhou ao lado dele.

— Boxer! – exclamou ela. – Como você está?

— É o meu pulmão – disse Boxer com voz fraca. – Não importa. Acho que vocês conseguem terminar o moinho sem mim. Já há um bom estoque de pedras. De todo modo, eu só teria um mês de trabalho antes de me aposentar. Para falar a verdade, não via a hora de me aposentar. E, como Benjamin também está ficando velho, talvez o deixem se aposentar ao mesmo tempo e me fazer companhia.

— Precisamos urgentemente de ajuda – disse Clover. – Alguém vá correndo avisar a Squealer o que aconteceu.

Todos os outros bichos imediatamente correram de volta para a casa-grande a fim de contar a notícia a Squealer. Apenas Clover permaneceu ali, e Benjamin ficou deitado ao lado de Boxer, sem falar, afastando as moscas com seu rabo comprido. Após cerca de quinze minutos, Squealer apareceu, todo solidário e preocupado. Ele disse que o camarada Napoleon havia ficado sabendo com profundo pesar da infelicidade ocorrida com um dos trabalhadores mais dedicados da fazenda e já estava tomando providências para enviar Boxer para ser atendido no hospital de Willingdon. Os bichos ficaram um pouco incomodados com isso. Com exceção de Mollie e Snowball, nenhum outro bicho havia saído da fazenda, e eles não gostaram da ideia de entregar um camarada doente nas mãos de seres humanos. No entanto, Squealer facilmente os convenceu de que um cirurgião veterinário em Willingdon poderia cuidar melhor de Boxer que qualquer um na fazenda. Cerca de meia hora depois, quando Boxer estava um pouco melhor, foi posto de pé com dificuldade, e ele conseguiu chegar mancando a sua baia, onde Clover e Benjamin haviam preparado um bom leito de palha para ele.

Nos dois dias seguintes, Boxer não saiu de sua baia. Os porcos enviaram um frasco grande de um remédio cor-de-rosa que encontraram no armário do banheiro, e Clover ministrou-o a Boxer duas vezes por dia após as refeições. À noite, ela se deitava na baia dele e ficava conversando com ele, enquanto Benjamin espantava as moscas que lhe sobrevoavam. Boxer declarou não se lamentar pelo acontecido. Se ele se recuperasse logo, podia esperar viver ainda uns três anos, e não via a hora de chegarem os dias pacíficos que ele passaria no canto do pasto principal. Seria a primeira vez que teria tempo livre para estudar e se aprimorar intelectualmente. Ele pretendia, segundo disse, dedicar o resto da vida a aprender as outras vinte e tantas letras que lhe faltavam do alfabeto.

No entanto, Benjamin e Clover só podiam ficar com Boxer depois do trabalho, e foi no meio do dia que uma carroça veio buscá-lo. Os bichos estavam todos carpindo a horta de rabanetes sob a supervisão de um porco, e ficaram espantados de ver Benjamin vindo a galope da direção das instalações da fazenda, zurrando a plenos pulmões. Foi a primeira vez que viram Benjamin excitado – na verdade, foi a primeira vez que o viram galopar na vida.

— Depressa, depressa! – berrava ele. – Venham logo! Estão levando Boxer embora!

Sem esperar ordens do porco, os bichos saíram correndo de volta para as instalações da fazenda. Sem dúvida, aquilo no terreiro era uma carroça fechada grande, puxada por dois cavalos, com letras na lateral, e havia um homem de expressão suspeita com um chapéu enfiado na cabeça como cocheiro. E a baia de Boxer estava vazia.

Os bichos se amontoaram em volta da carroça.

— Até logo, Boxer! – disseram em coro. – Até logo!

— Seus idiotas! Idiotas! – berrou Benjamin, saltitando em volta deles e pisando a terra com seus cascos pequenos. – Estúpidos! Vocês não leram o que está escrito nessa carroça?

Com isso, os bichos hesitaram, e houve um alvoroço. Muriel começou a soletrar as palavras. Mas Benjamin afastou-a e, em meio a um silêncio mortal, leu:

— "Alfred Simmonds, abatedor de cavalos e fabricante de cola, Willingdon. Comércio de peles e ossos para ração. Suprimentos para canil." Vocês não estão entendendo o que isso significa? Eles estão levando Boxer para o comprador de carcaças!

Um grito de horror se ergueu entre todos os bichos. Nesse momento, o homem da carroça chicoteou seus cavalos, que saíram do terreiro trotando. Todos os bichos foram atrás, gritando a plenos pulmões. Clover abriu caminho até a frente. A carroça começou a ganhar velocidade. Clover tentou obrigar suas pernas corpulentas a galopar e conseguiu no máximo trotar.

— Boxer! – gritou ela. – Boxer! Boxer! Boxer!

E, nesse exato instante, como se ele tivesse ouvido o alvoroço do lado de fora, a cara de Boxer, com a faixa branca até o nariz, apareceu na janelinha da traseira da carroça.

— Boxer! – gritou Clover com uma voz terrível. – Boxer! Saia daí! Saia depressa! Eles vão te matar!

Todos os bichos gritaram juntos:

— Saia daí, Boxer, saia já daí!

Mas a carroça já tinha ganhado velocidade e se afastava deles. Não se sabe se Boxer entendeu o que Clover disse. Porém, no momento seguinte, seu rosto desapareceu da janela e ouviu-se um tremendo barulho de cascos no interior da carroça. Ele estava tentando arrombar a carroça com seus coices. Houve um tempo em que alguns coices dos cascos de Boxer teriam bastado para esmigalhar aquela carroça. Infelizmente ele já estava sem forças; em seguida, o som dos cascos escoiceando foi ficando mais fraco até que cessou de vez. Desesperados, os bichos começaram a implorar para os dois cavalos que puxavam a carroça pararem.

— Camaradas, camaradas! – berraram eles. – Não levem um irmão para a morte!

No entanto, aqueles brutos estúpidos, ignorantes demais para se dar conta do que estava acontecendo, simplesmente puseram as orelhas para trás e apressaram o passo. A cara de Boxer não apareceu mais na janela da carroça. Quando foi tarde demais, alguém pensou em correr na frente e fechar o portão da fazenda, mas, dali a pouco, a carroça passou pelo portão e rapidamente desapareceu na estrada. Boxer nunca mais foi visto.

Três dias depois anunciaram que ele tinha morrido no hospital de Willingdon, apesar de ter recebido o máximo de cuidados que um cavalo poderia receber. Squealer veio anunciar a notícia aos outros bichos. Ele estivera presente, segundo disse, nas últimas horas ao lado de Boxer.

— Foi a coisa mais comovente que eu já vi! – disse Squealer, erguendo a pata e enxugando uma lágrima. – Eu estive ao lado dele em seu leito de morte até os últimos momentos. No final, quase sem forças para falar, ele sussurrou em meu ouvido que sua única tristeza era morrer antes de ver o moinho pronto. "Avante, camaradas!", ele sussurrou. "Avante, em nome da rebelião. Vida longa à Fazenda dos Bichos! Vida longa ao camarada Napoleon! Napoleon tem sempre razão." Estas foram suas últimas palavras, camaradas.

Com isso, a expressão de Squealer mudou subitamente. Ficou calado por um momento, e seus olhinhos se mexeram com um brilho suspeito de um lado para o outro, antes de ele continuar falando.

Chegara ao seu conhecimento, disse ele, um boato estúpido e maldoso sobre a hora em que Boxer foi levado embora. Alguns bichos haviam reparado que, na carroça que levou Boxer, estava escrito "abatedor de cavalos" e logo concluíram que Boxer estaria sendo levado pelo comprador de carcaças. Era quase inacreditável, disse Squealer, que algum animal pudesse ser tão estúpido. Sem dúvida, gritou indignado, agitando o rabo e pulando de um lado para o outro, sem dúvida, todos sabiam que seu amado líder, camarada Napoleon, seria incapaz de fazer uma coisa dessas, não é? A explicação era realmente muito simples. Aquela carroça havia pertencido ao comprador de carcaças e havia sido comprada depois pelo cirurgião veterinário, que ainda não havia apagado o nome do antigo dono da carroça. Daí alguns bichos terem se confundido.

Os bichos ficaram imensamente aliviados ao ouvir isso. E quando Squealer continuou a dar mais detalhes do leito de morte de Boxer, do atendimento admirável que havia recebido e das despesas médicas caríssimas que Napoleon pagou sem pensar duas vezes, as últimas dúvidas desapareceram e a tristeza que sentiram pela morte do camarada foi atenuada pela ideia de que, pelo menos, ele tinha morrido feliz.

O próprio Napoleon foi à reunião da manhã de domingo e fez uma breve oração em homenagem a Boxer. Não havia sido possível, disse ele, trazer de volta à fazenda os restos mortais do saudoso camarada para que fosse ali enterrado, mas ele havia mandado fazer uma grande coroa de louros do pomar da casa-grande que foi enviada à sepultura de Boxer. E, dali a alguns dias, os porcos pretendiam fazer um banquete em homenagem à memória de Boxer. Napoleon terminou seu discurso lembrando as duas máximas favoritas de Boxer: "Vou trabalhar mais duro" e "O camarada Napoleon tem sempre razão" – máximas, disse, que todos os bichos fariam bem se adotassem também em suas vidas.

No dia marcado para o banquete, a carroça de uma mercearia de Willingdon veio entregar um grande engradado de madeira na casa-grande. Naquela noite, ouviu-se o som de cantorias estrondosas, seguido de barulho de uma violenta discussão, que terminou por volta das onze horas da noite com um tremendo estilhaçar de vidros. Ninguém acordou na casa-grande no dia seguinte, e correu o boato de que, de algum jeito, os porcos haviam conseguido dinheiro para comprar outra caixa de uísque.

Capítulo 10

Os anos se passaram. As estações vieram e se foram, as breves existências dos bichos também passaram voando. Chegou uma época em que ninguém mais se lembrava dos velhos tempos de antes da rebelião além de Clover, Benjamin, o corvo Moses e vários porcos. Muriel morreu; Bluebell, Jessie e Pincher também tinham morrido. Jones também estava morto – ele morreu em um lar para tratamento de alcoólatras em outra parte do condado. Snowball estava esquecido. Boxer também estava esquecido, exceto por aqueles poucos que o haviam conhecido. Clover era agora uma velha égua rechonchuda, de juntas enferrujadas e olhos injetados e lacrimejantes. Ela já havia passado dois anos da idade de se aposentar, mas na verdade nenhum bicho jamais se aposentara. A conversa de reservar um canto do pasto para os animais idosos tinha sido abandonada havia muito tempo. Napoleon agora era um porco maduro de cento e cinquenta quilos. Squealer estava tão gordo que mal conseguia enxergar. Apenas o velho Benjamin parecia o mesmo de sempre, exceto pelo focinho um pouco grisalho e, desde a morte de Boxer, por ter ficado mais lento e taciturno que nunca.

Havia muito mais criaturas na fazenda agora, embora o crescimento não fosse tão grande quanto se esperava nos primeiros anos. Para muitos bichos, a rebelião era apenas uma tradição esquecida, passada adiante boca a boca; outros nunca tinham ouvido falar daquilo. A fazenda tinha agora três outros cavalos além de Clover. Eram bichos bonitos e honestos, trabalhadores dedicados e bons camaradas, mas muito estúpidos. Nenhum deles conseguiu aprender o alfabeto além da letra B. Eles aprenderam tudo o que lhes disseram sobre a rebelião e os princípios do Animalismo, especialmente de Clover, por quem tinham um respeito quase filial; porém, não se sabe ao certo se entendiam muito bem do que se tratava.

A fazenda agora era mais próspera e mais organizada: havia sido aumentada com a compra de dois campos que pertenciam ao senhor Pilkington. O moinho foi finalmente terminado com sucesso, e a fazenda possuía agora uma debulhadora e um elevador de feno e várias outras instalações construídas. Whymper tinha comprado uma carroça. O moinho, contudo, acabou não sendo usado para gerar energia elétrica. Era usado para moer milho, e isso rendeu belos lucros em dinheiro. Os bichos trabalhavam duro ainda para construir outro moinho de vento;

quando esse ficasse pronto, segundo disseram, os dínamos seriam instalados. No entanto, os luxos com os quais Snowball um dia ensinara os bichos a sonhar, como baias com luz elétrica e água quente e fria, semana de três dias, já não eram mais cogitados. Napoleon havia denunciado essas ideias como contrárias ao espírito do Animalismo. A felicidade mais genuína, dizia ele, era trabalhar bastante e viver modestamente.

De alguma forma, aparentemente, a fazenda enriqueceu sem que os bichos ficassem mais ricos – exceto, é claro, os porcos e os cães. Talvez isso se devesse, em parte, ao fato de haver tantos porcos e tantos cães. Não que essas criaturas não trabalhassem a sua maneira. Havia, como Squealer não se cansava de explicar, um trabalho interminável de supervisão e organização da fazenda. Boa parte disso era um tipo de trabalho que os outros bichos eram ignorantes demais para entender. Por exemplo, Squealer contou que os porcos precisavam todo dia trabalhar muito em serviços misteriosos que chamavam "arquivos", "relatórios", "minutas" e "memorandos". Eram folhas grandes de papel que precisavam ser cobertas de coisas escritas, e assim que essas folhas ficavam completamente preenchidas, eram queimadas na fornalha. Isso era da maior importância para o bem-estar da fazenda, segundo Squealer. Ainda assim, nem os porcos nem os cães produziam alimentos com o próprio trabalho; e havia muitos porcos e muitos cães, e eles tinham sempre muito apetite.

Quanto aos outros bichos, suas vidas, até onde sabiam, eram como sempre tinham sido. Eles estavam geralmente com fome, dormiam na palha, bebiam do tanque, trabalhavam nos campos; no inverno, sofriam com o frio e, no verão, com as moscas. Às vezes, os bichos mais velhos vasculhavam suas memórias quase esquecidas e tentavam se lembrar se, nos primeiros tempos da rebelião, quando a expulsão de Jones ainda era algo recente, as coisas tinham sido melhores ou piores que agora. Eles não se lembravam. Não havia nada com que comparar suas vidas no presente: eles não tinham nada além das listas de números de Squealer, que invariavelmente demonstravam que estava tudo indo cada vez melhor. Os bichos consideraram esse problema insolúvel; de todo modo, tinham pouco tempo para especular sobre essas coisas agora. Apenas o velho Benjamin dizia se lembrar de cada detalhe de sua longa vida e saber que as coisas nunca tinham sido nem jamais poderiam ser muito melhores ou muito piores, pois a fome, a dificuldade e a decepção, segundo ele, eram a inalterável lei da vida.

E, no entanto, os bichos nunca abandonaram a esperança. Mais que isso, jamais perdiam, nem sequer por um instante, a noção da honra e do privilégio de serem membros da Fazenda dos Bichos. Eles ainda eram a única fazenda em todo o condado – em toda a Inglaterra! – cujos donos e trabalhadores eram animais. Nenhum bicho, nem o mais novo, nem os recém-chegados trazidos de fazendas a quinze, trinta quilômetros dali, deixava de maravilhar-se com isso. E quando os bichos ouviam a espingarda disparar e viam a bandeira verde tremulando no alto do mastro, seus corações se enchiam de um orgulho imperecível, e a conversa sempre mudava para os velhos tempos heroicos da expulsão de Jones, da escritura dos Sete Mandamentos, das grandes batalhas em que os invasores humanos haviam sido derrotados. Nenhum dos velhos sonhos dos bichos havia sido abandonado. A República dos Bichos que Major havia previsto, quando os verdes campos da Inglaterra não seriam mais pisados por pés humanos, ainda era algo em que acreditavam. Algum dia isso aconteceria: talvez não fosse logo, talvez não fosse durante a vida dos bichos que agora estavam vivos, mas ainda assim esse dia chegaria. Talvez até mesmo a canção *Bichos da Inglaterra* fosse cantarolada secretamente aqui e ali de vez em quando; de qualquer modo, o fato é que todos os bichos da fazenda sabiam cantá-la, embora nenhum tivesse coragem de cantá-la em voz alta. Talvez suas vidas fossem difíceis e nem todas as esperanças tivessem sido realizadas, mas eles tinham consciência de que não eram como os outros animais. Se passavam fome, não era por estarem alimentando homens tirânicos; se trabalhavam duro, ao menos trabalhavam para si mesmos. Nenhuma criatura entre eles andava em duas pernas. Nenhuma criatura chamava outra criatura de "patrão". Todos os animais eram iguais.

Um dia, no início do verão, Squealer mandou as ovelhas o seguirem, e ele as levou para um trecho descampado, no outro extremo da fazenda, onde cresciam mudas de bétulas. As ovelhas passaram o dia inteiro ali mascando folhas sob a supervisão de Squealer. Ao anoitecer, ele voltou sozinho para a casa-grande, mas, como o tempo estava quente, mandou as ovelhas continuarem lá onde estavam. Acabaram ficando por lá uma semana inteira, período em que nenhum outro bicho viu as ovelhas. Squealer passava a maior parte do dia com elas. Ele estava, segundo ele mesmo, ensinando as ovelhas a cantar uma nova canção, e elas precisavam de privacidade.

Depois que as ovelhas voltaram, em uma bela noite, num momento em que os bichos haviam encerrado o trabalho e estavam retornando para as instalações da fazenda, um relincho aterrorizado de um cavalo soou no terreiro. Assustados, os bichos pararam onde estavam. Era a voz da

Clover. Ela relinchou de novo, e todos os bichos foram galopando até o terreiro. Então eles viram o que Clover tinha visto.

Era um porco andando nas patas traseiras.

Sim, era Squealer. Um pouco desajeitadamente, como se ainda não estivesse acostumado a sustentar seu volume considerável naquela posição, mas com perfeito equilíbrio, ele estava caminhando pelo terreiro. E, no momento seguinte, saiu pela porta da casa-grande uma longa fileira de porcos, todos caminhando nas patas traseiras. Alguns se equilibravam melhor que os outros, um ou dois porcos pareciam até um pouco cambaleantes, como se preferissem se apoiar em uma bengala, mas todos conseguiram dar a volta no terreiro com sucesso. E, finalmente, foram ouvidos tremendos latidos de cachorros e um grito agudo do galo preto; então surgiu o próprio Napoleon, majestosamente ereto, lançando olhares arrogantes para todos os lados e com os cães saltitando à sua volta.

Ele segurava um chicote na pata da frente.

Fez-se um silêncio mortal. Perplexos, aterrorizados, amontoados, os bichos assistiram à longa fileira de porcos marchando lentamente pelo terreiro. Era como se o mundo tivesse virado de cabeça para baixo. Então houve um momento em que o primeiro choque passou, e eles, apesar de tudo – apesar do pavor que sentiam dos cães e do costume, desenvolvido ao longo dos anos, de jamais reclamar, jamais criticar, não importando o que acontecesse –, talvez tenham dito alguma palavra em protesto. Entretanto, nesse mesmo instante, como em resposta a um sinal, todas as ovelhas começaram a emitir seus tremendos balidos de...

— Quatro pernas, bom; duas pernas, *melhor*! Quatro pernas, bom; duas pernas, *melhor*! Quatro pernas, bom; duas pernas, *melhor*!

Isso durou cinco minutos incessantes. E, quando as ovelhas se calaram, a oportunidade de proferir qualquer protesto havia passado, pois os porcos haviam marchado de volta para a casa-grande.

Benjamin sentiu um focinho roçar seu ombro. Era Clover. Os velhos olhos dela pareciam mais anuviados do que nunca. Sem dizer nada, ela puxou delicadamente a crina dele e levou-o até o canto do celeiro grande, onde estavam escritos os Sete Mandamentos. Durante um ou dois minutos, os bichos ficaram olhando para a parede suja com suas letras em branco.

— Minha vista não está boa – disse ela por fim. – Mesmo quando eu era nova, jamais conseguiria ler o que está escrito ali. Mas essa parede está me parecendo diferente. Benjamin, os Sete Mandamentos continuam os mesmos?

Pela primeira vez na vida, Benjamin concordou em quebrar sua regra e leu em voz alta o que estava escrito na parede. Não havia mais nada lá além de um único mandamento. Dizia:

TODOS OS BICHOS SÃO IGUAIS,
MAS ALGUNS SÃO MAIS IGUAIS QUE OS OUTROS.

Depois disso, não pareceu estranho que no dia seguinte todos os porcos que supervisionavam o trabalho na fazenda levassem um chicote na pata dianteira. Não pareceu estranho quando souberam que os porcos tinham comprado para eles mesmos um rádio, iam instalar um telefone e haviam feito assinaturas de *John Bull, Tit-Bits* e do *Daily Mirror*. Não pareceu estranho quando Napoleon foi visto caminhando pelo jardim da casa-grande com um cachimbo na boca – não, nem mesmo quando os porcos passaram a vestir as roupas do guarda-roupa do senhor Jones, quando Napoleon apareceu vestindo paletó preto, calças de caçador e perneiras de couro, enquanto sua porca favorita surgiu usando um vestido de seda que a senhora Jones costumava usar aos domingos.

Uma semana depois, à tarde, várias carroças chegaram à fazenda. Uma comitiva de fazendeiros vizinhos havia sido convidada para fazer uma visita completa. Eles inspecionaram toda a fazenda e expressaram grande admiração por tudo o que viram, especialmente pelo moinho de vento. Os bichos estavam carpindo a horta de rabanetes. Trabalhavam com afinco, quase sem erguer os olhos do chão e sem saber se estavam com mais medo dos porcos ou dos visitantes humanos.

Naquela noite, ouviram-se altas gargalhadas e cantorias vindas da casa-grande. E, de repente, ao som das vozes misturadas, os bichos ficaram mordidos de curiosidade. O que poderia estar acontecendo lá, agora que pela primeira vez os bichos e os homens estavam se encontrando em pé de igualdade? A um sinal, começaram a se esgueirar silenciosamente pelo jardim da casa-grande.

Quando chegaram ao portão da casa, pararam, um tanto apreensivos de prosseguir, mas Clover seguiu em frente. Então eles foram na ponta das patas até a casa, e os bichos mais altos espiaram pela janela da sala de jantar. Ali dentro, em volta da longa mesa, estavam sentados seis fazendeiros e seis dos porcos mais eminentes, o próprio Napoleon ocupava o lugar de honra à cabeceira da mesa. Os porcos pareciam completamente à vontade naquelas cadeiras. O grupo estivera jogando cartas, mas haviam interrompido por um momento, evidentemente para fazer um brinde.

Circulava entre eles uma jarra grande, e as canecas foram sendo novamente enchidas com cerveja. Ninguém reparou nas caras espantadas dos bichos que olhavam pela janela.

O senhor Pilkington, da fazenda Foxwood, havia se levantado, com a caneca na mão. Agora, dizia ele, gostaria de convidar os presentes a fazer um brinde. Mas, antes do brinde, havia algumas palavras que ele se sentia na obrigação de dizer primeiro.

Era uma grande satisfação para ele, dizia – e, tinha certeza, para todos os demais presentes –, saber que um longo período de desconfiança e desentendimentos estava chegando ao fim. Houve um tempo – não que ele ou qualquer outro ali presente compartilhasse de tais sentimentos –, mas houve um tempo em que os respeitáveis proprietários da Fazenda dos Bichos eram considerados, ele não diria com hostilidade, mas talvez com certa dose de apreensão, por seus vizinhos humanos. Incidentes infelizes haviam ocorrido, ideias equivocadas andaram circulando. Nesse período, os humanos haviam considerado a existência de uma fazenda cujos donos e dirigentes eram porcos algo um tanto anormal e que isso poderia ter um efeito perturbador nas fazendas vizinhas. Muitos fazendeiros supunham, sem a devida investigação, que naquela fazenda reinava um espírito de permissividade e indisciplina. Eles haviam ficado tensos com os possíveis efeitos sobre seus próprios animais e até mesmo sobre seus empregados humanos. Mas, agora, todas essas dúvidas haviam sido desfeitas. Hoje ele e seus amigos haviam visitado a Fazenda dos Bichos e inspecionado cada centímetro da propriedade com seus próprios olhos; e o que eles haviam visto? Não apenas os métodos mais atualizados como também uma disciplina e uma organização que deveriam servir de exemplo a qualquer fazendeiro. Ele acreditava que seria correto dizer que na Fazenda dos Bichos até os animais inferiores trabalhavam mais e em troca de menos comida que qualquer animal no condado. Na verdade, ele e seus colegas haviam observado naquela visita muitas ideias que eles pensavam em aplicar em suas próprias fazendas imediatamente.

Ele encerraria seus comentários, disse, enfatizando mais uma vez o sentimento de amizade que existia e deveria mesmo existir entre a Fazenda dos Bichos e seus vizinhos. Entre porcos e homens não existia nem havia necessidade de existir nenhum conflito de interesses. Suas lutas e suas dificuldades eram as mesmas. O problema do trabalho não era igual em toda parte? Nesse momento pareceu que o senhor Pilkington estava prestes a fazer uma brincadeira cuidadosamente preparada para o grupo, mas por um momento ficou comovido demais para conseguir falar. Após muitos engasgos, com suas diversas papadas quase roxas, ele conseguiu desembuchar:

— Se vocês têm seus animais inferiores com que lidar – disse ele –, nós temos nossos pobres!

Esse dito espirituoso deixou a mesa inteira alvoroçada; e o senhor Pilkington mais uma vez parabenizou os porcos pelas rações pequenas e pelas longas horas de trabalho e pela ausência generalizada de regalias que observara na Fazenda dos Bichos. E agora, disse finalmente, pedia que todos ficassem em pé e garantissem que seus copos estivessem cheios.

— Cavalheiros – concluiu o senhor Pilkington –, cavalheiros, eu proponho um brinde: à prosperidade da Fazenda dos Bichos!

Houve uma efusão de batidas de pés e aplausos e gritos entusiasmados. Napoleon estava tão satisfeito que saiu de seu lugar e contornou a mesa para bater sua caneca na do senhor Pilkington, antes de esvaziá-la. Quando os aplausos pararam, Napoleon, que havia continuado de pé nas patas traseiras, avisou que também tinha algumas palavras para dizer.

Como todos os discursos de Napoleon, este foi curto e direto. Ele também, conforme afirmou, ficou feliz porque o período de desentendimentos havia acabado. Durante muito tempo houve boatos – divulgados, ele tinha motivos para pensar, por algum inimigo maligno – de que existia algo de subversivo e até revolucionário na atitude dele e de seus colegas. Atribuíram a eles uma tentativa de estimular a rebelião entre os animais das fazendas vizinhas. Nada podia estar mais longe da verdade! O único desejo deles, agora e no passado, era viver em paz e ter relações comerciais normais com seus vizinhos. Esta fazenda que ele tinha a honra de controlar, acrescentou, era uma empresa cooperativa. A escritura, que se encontrava em seu poder, era dos porcos coletivamente.

Não acreditava, segundo ele mesmo, que ainda houvesse essas velhas desconfianças, mas certas mudanças haviam sido feitas recentemente na rotina da fazenda que deveriam ter o efeito de promover ainda mais confiança. Até então, os animais na fazenda tinham o estúpido costume de se dirigir uns aos outros como "camaradas". Isso estava agora proibido. Havia também outro costume estranho, de origem desconhecida, de marchar todo domingo de manhã até uma caveira de um porco sobre um cepo no jardim. Isso também estava proibido, e a caveira já tinha sido até enterrada. Os visitantes deviam ter reparado que havia uma bandeira verde hasteada no mastro. Talvez tivessem notado que o casco e o chifre pintados de branco haviam sido removidos. De agora em diante, seria uma bandeira toda verde apenas.

Ele tinha apenas uma crítica, segundo disse, a fazer ao excelente e amigável discurso do senhor Pilkington. Este havia se referido sempre à "Fazenda dos Bichos". O senhor Pilkington evidentemente não poderia saber – pois ele, Napoleon, estava anunciando pela primeira vez – que o nome "Fazenda dos Bichos" tinha sido abolido. Doravante, a fazenda seria conhecida como "Fazenda Solar", que, ele acreditava, era seu nome correto e original.

— Cavalheiros – concluiu Napoleon –, farei o mesmo brinde de antes, mas de forma diferente. Encham seus copos até a borda. Cavalheiros, eis o meu brinde: à prosperidade da Fazenda Solar!

Houve o mesmo aplauso vigoroso e os gritos entusiasmados de antes, e as canecas foram completamente esvaziadas. Porém, enquanto os bichos lá fora olhavam para aquela cena, pareceu-lhes que havia uma coisa estranha acontecendo. O que havia ocorrido com as caras dos porcos? Os velhos olhos cansados de Clover foram passando de cara em cara. Alguns porcos estavam com cinco papadas, alguns com quatro, outros com três. Afinal, o que parecia estar se desfazendo e se transformando? Então, encerrados os aplausos, o grupo retomou suas cartas e o jogo que havia sido interrompido continuou, e os bichos se esgueiraram silenciosamente para fora dali.

Não tinham caminhado nem vinte metros quando pararam subitamente. Ouviu-se um alvoroço de vozes vindo da casa-grande. Eles voltaram correndo e espiaram novamente pela janela. Sim, uma violenta discussão estava em andamento. Havia berros, batidas na mesa, olhares desconfiados e duros, negações furiosas. A origem do problema, aparentemente, era que Napoleon e Pilkington ao mesmo tempo haviam jogado um ás de espadas.

Doze vozes berravam de raiva, e eram doze vozes idênticas. Não havia dúvida, agora, quanto ao que tinha acontecido com as caras dos porcos. As criaturas lá de fora olhavam para os porcos, depois para os homens e depois novamente destes para aqueles, mas já era impossível dizer quem era o quê.

Novembro de 1943 – Fevereiro de 1944

Este livro foi impresso pela Gráfica Piffer Print
em fonte Arno Pro sobre papel Pólen Bold 90 g/m²
para a Via Leitura no inverno de 2024.